Complicated Love

Complicated Love

Julia Stolz

Bibliografische Information der Deutschen Nationalbibliothek: Die Deutsche Nationalbibliothek verzeichnet diese Publikation in der Deutschen Nationalbibliografie; detaillierte bibliografische Daten sind im Internet über dnb.dnb.de abrufbar.
© 2021 Julia Stolz
Herstellung und Verlag: BoD – Books on Demand, Norderstedt
ISBN: 9783755717232

Auf ewig mit dir Lenny

Kapitel 1

Nur ein einziges Mal

Jake Leen

Die Liebe hemmet nichts; sie kennt nicht Tür noch Riegel.
Und dringt durch alles sich;
Sie ist ohn Anbeginn, schlug ewig ihre Flügel,
Und schlägt sich ewiglich
~Matthias Claudius

Ich schlucke schwer. Die Hände tief in meinen Jackentaschen versteckt frage ich mich, ob diese Idee wirklich so gut ist, wie Leon meint.

Natürlich ist er dafür, dass ich heute Nacht zum ersten Mal einen Stripclub besuchen soll, was für ein grandioser Einfall! Ich wäre viel lieber zu Hause, würde endlich Sturm und Drang zu Ende lesen und dann gemütlich einen Film sehen. Doch ich und mein "Kumpel" meinen uns ja hier treffen zu müssen.

Leon ist ja echt nett, aber normalerweise trafen wir uns außerhalb des Fitnessstudios nicht. Ich weiß, das klingt jetzt schräg, Klassiker lesen und Fitnessstudio, obwohl ich eine Leseratte bin, heißt das ja nicht, dass ich nicht auf mein Aussehen achten kann.

Ich wurde zur Seite gedrängt und ein breit gebauter Typ geht durch die Tür, vor der ich schweigend in Gedanken versunken stehe. Ich versuche abzuwägen, ob ich mich jetzt nicht einfach umdrehen und nach Hause gehen könnte, doch ich weiß nur zu genau, dass Leon mir das übel nehmen wird, er ist ziemlich nachtragend.

Also entschließe ich mich lieber einen Abend in diesem Club zu verbringen, als zu riskieren, dass er eingeschnappt ist. Ich atme noch einmal tief durch, bevor ich durch die Tür gehe.

Drinnen schlägt mir eine übel riechende Duftmischung aus billigem Alkohol, Zigarettenrauch und Schweiß entgegen. Ich sehe mich wahrscheinlich etwas verzweifelt wirkend, um. Auf zwei runden Podesten "tanzen" beziehungsweise rekeln sich zwei relativ hübsche Frauen. Sie sind sicher erst um die Mitte 20, doch ihre Gesichter sehen verlebt aus. Beide haben wenig an und es wirkt, als würden sie bald auch ihre restlichen Stücke Stoff ablegen.

Ich drehe mich auf der Suche nach einer Bar um, dort würde Leon sicher aufschlagen, egal ob er jetzt schon da ist oder noch kommt. Erleichtert atme ich auf, als ich die Bar in einer dunklen Ecke erspähe.

Ich gehe mit einem Umweg über die Garderobe, zur Bar und setze mich auf einen Hocker. Eine junge Frau steht hinter der Bar, sie hat dunkles Haar und auch wenn ich es im Halbdunklen schwer erkennen kann, dunkelgrüne oder vielleicht auch blaue Spitzen.

Auf ihrem jung wirkenden Gesicht liegt ein sympathisches Lächeln, das durch ihre Grübchen noch besser zur Geltung kommt. Passend zu ihren, mit feinem Lidstrich verzierten, dunklen mandelförmigen Augen ist die Farbe des Lippenstifts.

Endlich nimmt sie mich wahr und legt das Handtuch weg, mit welchem sie gerade ein Glas poliert hatte. „Hey!", begrüßt sie mich halb lachend halb schreiend, weil die Musik relativ laut ist. „Was möchtest du trinken?". „Ein Wasser bitte", gebe ich kleinlaut zurück.

Die ganze Umgebung ist mir unangenehm, ich will eigentlich nur schnellstmöglich Heim, doch Leon ist noch immer nicht zu sehen. Die Barkeeperin lacht laut auf: „Neu hier, oder?", fragt sie mich ungeniert, als sie mir ein Wasser hinstellt.

Nun lache auch ich: „Ist das so auffällig?" Sie grinst mich an: „Sagen wir so, ich hatte noch nie eine Bestellung in der nur Wasser geordert wurde. Es kam eher Mal vor, dass ich gefragt wurde, ob ich auch Sex anbiete.

Leicht schockiert über ihre Offenheit, trinke ich einen Schluck Wasser. „Oh!", meine ich nur, „aber ja, es stimmt, ich bin heute zum ersten und auf jeden Fall zum letzten Mal hier." „Echt? So schlimm?"

Ich nicke: „Der Geruch und die Stimmung hier sind", ich denke kurz darüber nach, welche Formulierung hier wohl am geeignetsten wäre, „sagen wir Mal ungewohnt für mich.", ein leichtes Grinsen stiehlt sich auf meine Lippen. „Na dann solltest du an die frische Luft, oder bestenfalls gleich heimgehen.", meinte die Frau, deren Name ich nicht kannte.

„Ich kann nicht, ich bin mit einem Freund hier verabredet." „Ist er auch noch nie hier gewesen?", frage sie. „Nein, er ist im Allgemeinen etwas anders als ich, er besucht solche Schuppen öfter Mal.", sage ich und trinke noch einen Schluck.

Das Gespräch zwischen uns war so ungezwungen und leicht, dass ich fast vergesse, dass ich es hier gar nicht leiden konnte.

Plötzlich vibriert mein Handy in meiner Hosentasche, eine Nachricht von Leon. Etwas genervt gebe ich ein Geräusch von mir das eine Mischung aus Stöhnen und Schnauben ist. „Was los?", fragt sie und legt mitfühlend eine Hand auf den Tresen. „Der Kerl, mit dem ich mich hier treffen wollte, hat mich versetzt. Sagt er hat was Besseres zu tun.", beschwere ich mich bei ihr.

„Das ist deine Chance, du kannst jetzt sofort heimgehen, das Wasser geht auf mich." Ich grinse und suche trotzdem meinen Geldbeutel. Sie sieht mich an, sagt jedoch nichts, also zücke ich einen fünf Euroschein und

10

reiche ihn ihr über den Tresen, doch sie greift nicht nach ihm. „Ich sagte das Wasser geht auf mich."

Ich bin geschmeichelt von ihrer Zuwendung, trotzdem brülle ich über die laute Musik hinweg: „Dann ist das halt Trinkgeld." Ich wedelte mit dem Schein in der Luft. „Spinnst du?", sie lacht, „Das sind über hundert Prozent Trinkgeld!" Ich antworte ihr nicht und halte ihr einfach nur den Schein hin. Seufzend steckt sie ihn ein, trotzdem kann man in ihren Augen lesen das ihr das nicht wirklich gefällt.

Dankend erhebe ich mich von meinem Hocker und gehe zur Garderobe, es ist ziemlich eng, darum komme ich nur schwer durch die Menschenmasse hindurch. Im Augenwinkel sehe ich, wie die Barkeeperin ihrem Kollegen etwas sagt und sich dann eine Jacke schnappt. Es dauerte eine Weile, bis ich mich mit vielen Entschuldigungen und einigen Remplern bis zur Garderobe geschlängelt habe. Erstaunlich wie viel hier los ist.

Als ich endlich meine Jacke bekomme und mich auf den Weg nach draußen mache, denke ich noch einmal über das nette Gespräch von eben nach. Draußen angekommen atme ich erst mal tief die frische Luft ein, Gott tut das gut. Ich bin kein Fan von großen Menschenmaßen oder von dieser Lautstärke. Es tut einfach gut, da raus zu sein, auch wenn ich mich gerne etwas länger mit der Barkeeperin unterhalten hätte.

Hinter mir ertönt eine mir bekannte Stimme: „Hey warte! Du da warte! Fuck!" Ich drehe mich um und sehe, wie sie etwas außer Atem sich zwischen zwei muskelbepackten Männern am Eingang hindurchquetscht. Die letzten Schritte zu mir sind langsamer trotzdem wirkt es als hätte sie rennen müssen.

„Hey!", keucht sie atemlos, „ich weiß nicht Mal, wie du heißt.", meint sie lächelnd, während sich ihre Atmung nach und nach wieder normalisiert. Ich lächle zurück: „Ich bin Jake und du?" „Lilly, aber die meisten nennen mich nur Lil" „Musst du nicht arbeiten?", fragte ich und merke, wie unhöflich das klingen muss.Sie lacht: „Willst du mich etwa loswerden?". Ich schüttel nur leicht beschämt den Kopf. „Ne ich habe kurz Pause.", sagt sie, während ich noch verzweifelt dabei bin irgendwie die Röte aus meinem Gesicht zu bekommen. „Ich wollte halt fragen, ob, na ja, weil wir uns ja so gut verstanden haben.", sie bricht ab, ihr ganzes Selbstvertrauen scheint wie weggeblasen zu sein. „Na ja, ob wir vielleicht, also ob du mir halt deine Nummer geben könntest oder so." Ich runzle die Stirn, ist das eine gute Idee?

Klar, wir verstehen uns gut und sie scheint auch echt nett zu sein, aber ich weiß nicht, ob das so clever ist. Erwartungsvoll schaut sie mich an und ich kann einfach nicht anders und nicke. Was ist denn schon dabei, vielleicht geht man ja mal einen Kaffee trinken.

Erleichtert sucht sie in ihrer Jackentasche nach etwas, als sie es findet und aus der Tasche herauszieht, ist es ein kleiner blauer Zettel mit den Öffnungszeiten des Stripclubs. Verwirrt schaue ich sie an, doch dann zieht sie einen zu kurzen Bleistift aus der anderen Jackentasche, das ich schmunzeln muss. Mit zitternden Händen und in krakeliger Schrift schreibt sie ihre Nummer auf die Rückseite und faltet den Zettel einmal.

Ich nicke und stecke den Zettel ein. „Also meldest du dich dann Mal?", fragt sie. „Bestimmt.", erwidere ich und schaue auf die Uhr. Auch ihr Blick wandert zur Uhr: „Mist! Ich muss wieder rein. War schön dich kennenzulernen, melde dich ruhig Mal bei mir. Bye", sie hob noch kurz die Hand und verschwindet dann schnellen Schrittes durch die Tür. Leicht enttäuscht drehe ich mich wieder um und setze meinen Heimweg fort.

Auf dem halben Weg heim merke ich das ich in der Jackentasche mit dem Zettel spiele, ich habe die Befürchtung ihn unleserlich zu zupfen, also nehme ich ihn heraus, um die Nummer in mein Handy zu übernehmen. Auf dem Zettel steht ihre Nummer und darunter ihr Name mit einem kleinen Herzen dahinter, irgendwie süß.

Kapitel 2

Funkstille

Jake Leen

Die Liebe, wenn sie neu,
braust wie ein junger Wein:
Je mehr sie alt und klar,
je stiller wird sie sein
~ Angelus Silesius

Nun ist es fast einen Monat her, dass ich sie angeschrieben habe. Damals noch sehr zögerlich, immerhin kannte ich sie kaum. Doch seitdem herrscht Funkstille. Wir hatten nur zwei Tage lang Small Talk geführt und auch das eher schlecht als recht. Erstaunlicherweise bekomme ich sie einfach nicht mehr aus meinem Kopf, gerne hätte ich mehr über sie erfahren, doch traue ich mich einfach nicht, sie erneut anzuschreiben.

Ich starre auf mein Handy und hoffe, dass mich jemand von meiner Langeweile erlöst. Ich öffne Instagram und Twitter, nur um beides nach kürzester Zeit wieder zu schließen. Ich scrolle durch YouTube, bleibe jedoch an keinem Video hängen, also schließe ich auch diese App wieder.

Genervt von mir selbst schmeiße ich das Handy aufs Bett, die Federung wird durch die dicke Decke abgedämpft, sodass es nur wenige Zentimeter von seinem Aufprallort liegen bleibt. Langsam erhebe ich mich aus meiner halb liegenden, halbsitzenden Position und gehe zu meinem Bücherregal.

Ich habe das Bedürfnisse nach mir bekannten, tröstenden Worten, also greife ich entschlossen nach dem Roman „Herr der Fliegen". Das Buch ist schon von mir und meinem Vater so zerlesen, dass der Einband ganz glatt ist. Trotz sorgsamer Pflege sind manche Seiten leicht eingerissen und die meisten auch schon vergilbt. Die Geschichte ist an sich nicht wirklich tröstend, aber trotzdem verbinde ich etwas Positives mit ihr.

Ich lasse mich in meinen Sessel fallen und schlage die erste Seite auf. Ich versinke vollständig ins Buch und bin doch froh, nicht in derselben Welt gefangen zu sein, wie die Charaktere, deren Geschichte ich zum wahrscheinlich 30. Mal verfolge.

Plötzlich vibriert mein Handy und ich springe auf, sehr untypisch für mich, da ich meistens das Vibrieren oder gar das Klingeln meines Telefons ausblende, wenn ich lese. In der Hoffnung Lilly hat geschrieben, greife ich zum Handy. Doch es ist nur Leon, der fragt, warum ich die Woche wieder nicht ins Studio gekommen bin. Ich entschuldige mich mit den Worten, ich müsse für meine Seminare in der Uni so viel lernen. Ich versinke wieder in meine Gedanken. Warum schreibt sie mir nicht? Oder besser warum trau ich mich nicht ihr zu schreiben? Ich klicke auf ihr Profilbild und komme dabei versehentlich auf das Telefonsymbol.

Auflegen oder telefonieren? Klar könnte ich mir ein sehr unangenehmes Gespräch ersparen, wenn ich einfach auflege und sage, es sei ein Versehen gewesen, doch wie erkläre ich dann, dass ich in unserem Chat war. Vielleicht geht sie ja nicht ran. Noch während ich denke und abwäge, nimmt sie ab.

„Ja?", sie klingt verwirrt und auch etwas verschlafen, dabei war es doch gerade mal sechs Uhr abends. „Hey ich bin's...", murmle ich. „Jake?", fragt sie. „Genau, also ich wollt Mal fragen, ob wir uns treffen wollen". Ich weiß nicht, woher das kommt aber jetzt, wo ich es ausgesprochen habe, finde ich die Idee gar nicht so schlecht.

„Ehm ... Klar. Die Frage ist nur wann?", man kann ihr lächeln in ihrer Stimme hören, jedoch auch ihre Verwirrtheit. „Wann du Zeit hast. Alles kein Problem!". „Vielleicht morgen? So gegen ... Sagen wir drei?". Ich freue mich, dass sie so schnell Zeit für mich finden konnte: „Super! Wo?". „Such du aus.", meint sie. „Vielleicht ein Café?", schlage ich vor. Dort wäre es nicht zu privat und nicht zu unangenehm. „Geht klar, ich kenn da ein gutes."

Wir klären noch die letzten Sachen ab und legen dann auf. Ich freute mich richtig auf das Treffen. Ich schweife in Gedanken ab, wie lange habe ich sie jetzt schon nicht mehr gesehen? Seit einem Monat? Warum mache ich mir jetzt wieder Gedanken darüber? Ich schüttel energisch meinen Kopf und schaue auf die Uhr. Verdammt! Es war Mal wieder spät geworden und ich musste morgen noch schnell in die Buchhandlung zu meinem Studentenjob, um die Bestellungen, die ich heute nicht geschafft habe, fertigzumachen.

Ich springe also auf und suche mir Klamotten für morgen zusammen, wie immer entscheide ich mich für Dunkle, wie auch nicht, wenn man nur solche in seinem Schrank habe. Da es morgen kalt werden soll, hole ich einen schwarzen Hoody und eine dunkelblaue Jeans heraus. Mein Kleidungsstil war immer schon sehr simpel und dunkel, auch heute lief ich gemütlich, aber komplett in schwarz gekleidet in meiner drei Zimmer Wohnung herum.

Schnell springe ich unter die Dusche und mache mich zum Schlafengehen bereit. Müde lege ich mich ins Bett und schließe meine Augen, doch mein Hirn fängt an zu rattern. Gedanken über Gedanken, wie das morgige Treffen ablaufen würde, überfluteten meinen Kopf.

Wieso kann ich mich nicht einfach darauf freuen und das war's dann? Wieso muss ich Stunden meines wertvollen Schlafes damit vergeuden, mir Gedanken über etwas zu machen über das ich sowieso keine

Macht habe. Es wird so kommen wie das Schicksal es vorherbestimmt, da kann ich noch so viel grübeln und planen, meine Meinung ist unwichtig.

Ich wälze mich von links nach rechts und wieder zurück. Es erschien mir wie Stunden als ich wieder auf die Uhr schaue, doch es ist gerade Mal eine halbe Stunde vergangen.

Genervt seufze ich auf und stehe wieder auf. Alles in mir schreit „müde" und befiehlt mir, wieder ins Bett zu gehen, außer mein Kopf, der lieber sinnlos rumspinnt, als mich schlafen zu lassen.

Ich gehe in die Küche, um mir einen Tee zu machen, welcher mich für gewöhnlich immer schläfrig macht. Normalerweise falle ich spätestens nach einer Tasse in einen komatösen Schlaf. Es dauerte seine Zeit, bis der Wasserkocher endlich anfing, vor sich hin zu blubbern, der kleine Kocher rumpelt auf der Kochstation hin und her und das Wasser sprudelt kochend in seinem Bauch.

Mit einem leisen Klickgeräusch stellt sich der Strom ab und der Wasserkocher hört auf zu wackeln, das Wasser sprudelt immer weniger, bis sich das Wasser nur noch sacht bewegt. Ich nahm eine Tasse und suche nach einem beruhigenden Tee.

Ich gieße das dampfende Wasser in die Tasse und es verfärbt sich augenblicklich zu einem immer dunkler werdenden Rotton. Müde nippe ich an dem heißen Tee und gehe zurück in mein Schlafzimmer.

Als mich auch der Tee nicht wirklich müder machte, greife ich wieder zu meinem Buch. Ich lese einige Seiten und trinke meinen Tee. Nach ungefähr einer Stunde lassen mich meine Gedanken so weit in Ruhe, dass ich denke, schlafen zu können und ich stelle die leere Tasse und das Buch zur Seite, um mich in meine Decke zu kuscheln und bald schon einzuschlafen.

Kapitel 3

Der Morgen davor

Jake Leen

Komm her und setz dich nieder auf meinen Schoß,

weil ich dir was erzählen muss,

denn meine Liebe zu dir ist so groß,

dass ich sie dir nun schenke mit einem Kuss.

~ Unbekannt

Genervt tastet meine Hand nach meinem Wecker, blindlings klopfe ich auf meinem Nachttisch herum und fege den Wecker von diesem herunter. Leider beendet das nicht das nervige Geräusch, das von jenem ausging. Mit einem Auge zugekniffen, schiele ich nach dem Wecker. Dieser ist nur auf den schönen, dunklen Holzboden gekracht und hinterlässt eine kleine, fast unscheinbare Macke. Irgendwie schön. Erschöpft und etwas genervt schließe ich die Augen.

Macken machen eine Wohnung zu einem Zuhause, es gibt Geschichten zu erzählen, von Partys, auf denen damals die Flasche ohne Schaden zu nehmen auf dem Boden landete, aber die Fließe jetzt einen Sprung hat. Von dem Einzug, bei dem wir gleich einmal die Tür eines neu eingebauten Schrankes aus seiner Verankerung rissen und jetzt der weiße Lack einen kleinen Schaden hat. Geschichten, die diese teure und so unpersönliche Wohnung zu meinem Zuhause machen.

Erneut öffne ich meine Augen und suche den Boden nach dem immer noch klingelnden Wecker ab. Ich habe ihn gefunden und drücke den Schalter herunter, augenblicklich verstummt der Wecker und ich schaue auf die Uhr.

Verdammt! Wie kann es legal sein, so früh aufstehen zu müssen? Ich war wirklich kein Morgenmuffel, aber wieso sollte irgendwer freiwillig um sechs Uhr morgens aufstehen? Ich schnaube genervt und stelle den Wecker auf seinen vorhergesehenen Ort.

Morgens aufstehen ist nicht mein Problem, mein Problem ist es nicht aus freien Stücken zu machen, wenn ich mir selbst den Plan setze, morgen früh aufzustehen, dann ist dies auch kein Problem. Das Problem ist es aufzustehen, wenn etwas anderes als mein Wille es mir befiehlt, sei es die Uni, mein Job oder einfach nur ein Zug, den ich erwischen muss.

Ich stehe auf und schnappe mir meine Klamotten, die ich ja am Abend zuvor vorbereitet habe und schlüpfe in diese. Danach gehe ich in die Küche und schalte meine Kaffeemaschine an, einen Luxus, den ich mir neben dieser Wohnung während meines Studiums leisten kann. Es ist nicht typisch, sich als Student so viel leisten zu können.

Apropos Kaffee, ich habe mal einen Studenten kennengelernt, welcher extra zwei Euro jeden Tag ausgab, um sich beim Bäcker eines dieser Heißgetränke zu holen. Nicht weil er dort am besten schmeckte oder er zu faul war, sich seinen eigenen Kaffee zu brühen. Er tat es nur, um jeden Tag wenigstens fünf Minuten draußen zu sein und erstaunlicherweise weniger Koffein zu sich zu nehmen.

Er erklärte mir, dass er, wenn er Kaffee im Haus hatte, bis zu vier Tassen davon am Tag trank, das war einfach zu viel und er verbannte den Kaffee aus seiner Wohnung, jedoch nicht aus seinem Morgen. Der Kaffeevollautomat beginnt die Bohnen laut, knirschend und rumpelnd zu mahlen. Während die dunkle Brühe langsam den Weg in meine Tasse findet, beiße ich herzhaft in meine Breze. Mit der halben Breze in der Hand und meinem Kaffee in der anderen stelle ich mich an das große Fenster in meiner Küche. Vor mir geht einer der atemberaubenden Sonnenaufgänge meiner Heimatstadt auf. Ein sanftes Spiel von Rosa, Rot und den verschiedensten Gelbtönen zog sich über den noch in einem dunklen Blau erstrahlendem Himmel. Ich versinke wieder einmal in meine Gedanken und realisiere erst, wie spät es ist, als ich versuche, an meiner leeren Tasse zu nippen. Ich starre desillusioniert auf die Uhr, seit einigen Tagen ist mein Zeitgefühl wirklich beschissen! Ich stelle seufzend meine Tasse ab.

Jeden Tag fällt es mir schwerer, mich zu konzentrieren, Zeitabläufe, die ich seit Jahren fest in meinen Alltag integriert habe, funktionieren nicht mehr, ich weiß auch nicht, was los ist. Dennoch packe ich meine Tasche, ziehe meine Schuhe an und verlasse meine Wohnung.

Auf dem Weg durch das Treppenhaus begegnet mir meine Nachbarin: „Oh hallo Jake. Man hat Sie lange nicht mehr gesehen. Waren Sie krank?" Ich seufze leise in mich hinein, eigentlich habe ich dafür jetzt keine Zeit: „Nein Frau Gerber ich hatte nur viel zu tun." Sie nickt: „Na dann passen Sie auf, dass Sie es nicht werden, zurzeit geht wieder die Grippe rum." Ich bedanke mich herzlichst, verabschiede mich lächelnd und führe meinen Weg zur Arbeit weiter fort. Zum Glück kam ich da jetzt schnell raus, so nett sie auch ist, Frau Gerber ist eine Quasselstrippe vor dem Herrn.

Draußen angekommen ziehe ich meine Lederjacke enger, es war über Nacht sehr kalt geworden und bald werde ich meine Winterjacke auch tagsüber tragen müssen. Bisher habe ich sie nur getragen, wenn ich spät abends oder nachts unterwegs war, aber scheinbar muss ich sie jetzt auch tragen, wenn ich morgens das Haus verlasse.

Die Sonne wärmt nicht Mal mehr mich, obwohl ich normalerweise gar nicht kälteempfindlich bin, aber es war auch sehr warm in den letzten Wochen für einen November gewesen. Wenn ich genau nachdachte, war es im Oktober sogar eine Zeit lang kälter. Das Wetter spinnt völlig, heiße Märze, kalte Juni, manchmal, aber dann schneit es bis in den April, soll das mal einer verstehen.

Mit schnellen Schritten durchquere ich die engen Straßen der Innenstadt, um zu einer kleinen Buchhaltung zu gelangen. Sie war bisher Familien geführt, bis sie mich einstellten, damit ich die Onlinebestellungen überprüfte und fehlende Bücher nachbestellte.

Ein Job, für den die rüstige ältere Dame, die meine Chefin ist, nicht mehr den Nerv hat. Mit durchgefrorenen Fingern komme ich an dem Laden an und stoße mit dem Ellenbogen die gläserne Schwingtür auf.

Drinnen werde ich von einem bekannten Duft begrüßt, es riecht nach frischem Kaffee und bedrucktem Papier. Ich liebe diesen Duft, es gibt mir ein Gefühl von Heimat und von Zuhause, so hatte es immer im Büro meines verstorbenen Vaters gerochen. Als Kind lag ich oft nachts wach, dann stahl ich mich in das kleine Zimmer und legte mich auf den dicken, kuschligen Teppich und roch die verschiedenen Düfte, die für mich Geborgenheit ausstrahlten. Der alte Ledersessel, die Bücher und die Druckertinte, manchmal bildete ich mir sogar ein noch schwach, das Aftershave meines Vaters wahrzunehmen.

Alte Bücher, Klassiker und bekannte Werke, aber auch unbekannte Perlen sind in der kleinen Buchhandlung vertreten. Manche von ihnen so alt, dass die Buchstaben und aufwendigen Verzierungen noch per Hand gemalt wurden. Viele dieser Zeichnungen waren so filigran, dass ich mich über den Pinsel wunderte, mit welchem diese Werke geschaffen wurden.

Mein Vater war einmal mit mir in einem Museum, welches diese Kunst darstellte, Bücher aus Pergament und Pinsel so dünn wie ein einzelnes Haar waren ausgestellt. Er erklärte mir, dass er, als er so alt war wie ich damals, unbedingt das Handwerk lernen wollte. Doch seine Träume waren nur Zeitverschwendung, denn ihm wurde schnell klar, dass man damit kein Geld verdienen würde. Trotzdem sah ich ihn manchmal auf Papier wunderschöne, filigrane Buchstaben und Zeichnungen aus dem nichts erschaffen.

Frau Schmidt steht schon am Tresen und wischt ihn ab, sie besteht darauf, alles selbst zu putzen, damit niemand ihre besonderen Schätze, die sie oft Mals nicht einmal verkaufen will, aber es nun Mal muss, anrührte. Nur über die normalen Werke, die in den Regalen stehen, ließ sie auch mich und die Putzfrau gelegentlich wischen.

In den Vitrinen, die sie mit großer Sorgfalt putzt, sind besonders hübsche und gut erhaltene Klassiker von hohem Wert. Viele davon stehen schon so lange hier, wie es den Läden gibt. Besonders die, die schon lange in ihrem Besitz sind, verkauft sie nur mit großem Widerwillen.

„Hallo Jake." „Grüß Gott Frau Schmidt.", Grüße ich die rüstige Dame charmant zurück. „Es sind neue Bestellungen eingetrudelt um die sie sich heute dringend kümmern sollten und wenn sie die Zeit finden, ich fühle mich heute nicht so gut, könnten sie bitte die Regale und die Bücher abstauben.", meint sie in ihrem strengen Tonfall, der an eine Lehrerin erinnert. Also nicke ich und gehe zügig an die Arbeit.

Nach zwei Stunden habe ich sowohl die neuen Bestellungen als auch die, die ich gestern nicht geschafft habe, erledigt. Ich beeile mich alles abzustauben, damit ich bis zwei Uhr alles erledigt habe, ich wollte doch rechtzeitig zu dem Treffen kommen, das ich während der Arbeit fast vollständig aus meinen Gedanken verbannt hatte.

Trotz der Eile, die ich an den Tag lege, wandern meine Gedanken immer wieder zu den Romanen, welche ich mit einem trockenen Lappen abwische. Ich hatte beinahe alle gelesen, auch wenn viele meiner Freunde dies nie erfahren würden, sie mochten mich eher aufgrund meiner "maskulineren" Seite, jene Seite, welche mich zum Sport und feiern überredet.

Ich weiß das mein Inneres eigentlich nicht mit dem, was meine Freunde von mir kennen übereinstimmt, doch wie soll ich das sagen, nach außen hin bin ich lieber ein Bad Boy, ich hasse dieses Wort. Ich bin ein Macho, ein "Weiberheld", lustig, dass genau dieser "Weiberheld" nicht nur Jungfrau ist, sondern auch noch nie eine

Freundin hatte, das wussten - logischerweise - meine sogenannten "Freunde" nicht. Und natürlich hatte ich auch nie etwas in dieser Richtung erwähnt, ich Lüge nicht, aber etwas nicht richtig stellen ist keine Sünde.

Scheinbar schlossen sie das aus meinen Verhalten ihnen und Fremden gegenüber. Psychologisch gesehen war diese Gruppe, mit der ich gelegentlich abhing, sehr interessant zu beobachten, ihre Launen und ihre Gespräche waren interessant zu verfolgen, wenn sie auch eher selten besonders intellektuell waren.

Ich grinse und widme mich wieder meiner Arbeit. Rasend schnell vergeht die Zeit und bald schon rückt der Stundenzeiger auf die zwei. Ich beschloss Feierabend zu machen, da ich alles schon erledigt hatte. Frau Schmidt verabschiedet mich, nachdem ich meine Sachen gepackt habe, und ich beeile mich, zu dem Café zu kommen, in welchem Lilly und ich vorhaben, uns zu treffen.

Es ist gut fünfzehn Minuten von der Buchhandlung entfernt, also mache ich einen Umweg zur Bank, eigentlich habe ich genug Geld dabei, aber falls ich sie einlade, sollte ich doch ein wenig mehr bei mir haben. Am Bankautomaten ziehe ich zwanzig Euro und überprüfe die Zeit, die mir bleibt.

Sie reicht noch, um gemütlich zum Café zu gehen und trotzdem fünf Minuten früher da zu sein, um schon mal einen Tisch zu besetzen. Kurz darauf betrete ich den Raum mit wunderschönen großen Fenstern, unerwarteterweise sitzt an einem der Tische eine Person, die ich lange nicht mehr gesehen hatte. Lilly.

Kapitel 4

Das ersehnte Treffen

Jake Leen

Zweifle an der Sonne Klarheit,
Zweifle an der Sterne Licht,
Zweifl', ob lügen kann die Wahrheit,
Nur an meiner Liebe nicht.
~ William Shakespeare

Kurz schaue ich auf die Uhr, es stimmt schon, ich bin fünf Minuten zu früh da, warum ist sie dann schon hier? Ich gehe auf sie zu, doch sie bemerkt mich nicht, sie starrt angestrengt auf ein Blatt Papier und klopft mit einem Stift in einem regelmäßigen Rhythmus auf den Tisch. Ich bemerke, dass ihr Kopf ganz leicht in einem vereinfachten Rhythmus den des Stiftes nachahmt und dass sie kleine Kopfhörer von Weitem kaum sichtbar in ihren Ohren stecken hat.

Ich schiebe lächelnd den Stuhl zurück in der Hoffnung, sie würde mich bemerken, ohne dass ich sie von mir aus ansprechen muss. Als ich mich setzen will, zieht sie, immer noch nicht vom Blatt aufschauend einen Kopfhörer aus dem Ohr und sagt: „Sorry hier ist besetzt." „Ich weiß", erwidere ich und lächle sie an, als sie verwirrt hochschaut.

Als die mich erkennt, zieht sie auch den zweiten Stöpsel aus ihrem Ohr und schüttelt mir die Hand. „Schön dich wieder zu sehen. Der Anruf gestern kam doch etwas überraschend für mich." Ich nicke lächelnd, solle sie doch nicht wissen das er für mich auch überaus überraschend war, und zeige auf das Blatt, welches immer noch auf dem Tisch liegt: „Darf ich fragen was du da hast?" Sie grinst: „Nur eine Hausaufgabe, ich soll mir ein Stück aus meinem Lieblingsmusikgenre aussuchen und es analysieren." Ich habe nicht viel mit Musik am Hut außer, dass ich sie gerne höre und als Jugendlicher mich an der Gitarre versucht hatte und gescheitert war. Trotzdem frage ich: „Welches Stück denn?"

Ihre Augen blitzen auf, scheinbar habe ich ihr Lieblingsthema gefunden. Sofort fängt sie an von dem Song, dessen Name mir völlig unbekannt ist, zu reden. Sie verliert sich in unzähligen Einzelheiten und ich, obwohl ich nur jedes dritte Wort verstehe, versuche mir die vielen Namen ihrer Lieblingsbands und Lieblingssongs einzuprägen.

Nach einiger Zeit bemerkt sie, dass sie mich kein einziges Mal zu Wort hat kommen lassen: „Es tut mir ja so leid. Wenn ich über die Musik rede, bin ich kaum noch zu halten, ist halt meine Leidenschaft.", sie zuckt mit ihren Schultern und lache: „Hast du auch etwas was dich so begeistert?"

„Na ja", ich weiß nicht, ob ich ihr von meiner Leidenschaft, der Literatur erzählen soll oder lieber wie vor meine Kumpels auf starken Mann machen und ihr erzählen soll, was für einen Sport ich betrieb.

Erwartungsvoll schaut sie mich an und ich habe das Gefühl, das die Wahrheit hier besser passt. Ich will das sie mein wahres Ich kennt, dann wäre sie die dritte. Die zwei anderen sind meine Mutter und meine beste Freundin.

Caro lebt zusammen mit ihrem Verlobten in einem kleinen Dorf rund 30 Kilometer von hier entfernt. Nach der Schule hat sie eine Ausbildung begonnen, während ich zum Studieren in die Stadt gezogen bin. Seit einem Jahr ist sie nun berufstätig und seit einem halben glücklich verlobt.

Trotz dieser großen Unterschiede in unseren Leben telefonieren wir immer noch regelmäßig und treffen uns so oft wie möglich. Doch jetzt sitzt nicht Caro mir gegenüber, sondern Lilly, welche immer noch auf eine Antwort wartet.

„Also, ja, ich liebe Literatur. Ich bin damit schon aufgewachsen, mein Vater war Professor an einer Uni und hatte unzählige Romane, Novellen und Gedichte bei uns Zuhause gehortet. Leider ist er vor zwei Jahren an einem Herzinfarkt gestorben. Er hat sich einfach überarbeitet und zu ungesund gelebt. Von ihm habe ich diese Begeisterung für Literatur. Ich konnte schon mit vier Jahren lesen und habe mit Sieben ganze Passagen aus bekannten Werken wie Faust zitiert.

Meine Mom fand es immer schrecklich, dass ich so "erwachsene" und düstere Sachen gelesen habe. Na ja, jetzt studiere ich Literatur und möchte, sobald ich damit fertig bin, in einem Verlag arbeiten." Sie lächelt mich etwas mitleidig an: „Das mit deinem Vater tut mir leid, aber deine Zukunftspläne sind wirklich sehr interessant. Ich glaube ich habe noch nie einen Kerl kennengelernt, der so begeistert über Literatur geredet hat."

Etwas beschämt schaue ich in die Getränke Karte. „Hast du dich schon für etwas entschieden?" Kurz runzelt sie über meinen abrupten Themenwechsel die Stirn, geht aber nicht weiter darauf ein: „Jap, sollen wir die Bedienung 'ran winken?" Ich nicke nur stumm und sehe ihr dabei zu wie sie ihren tätowierten Arm emporstreckt und damit eine junge Kellnerin heranruft. „Für mich einen großen Latte und einen Schokoblaubeer-Muffin", bestellt sie: „Für mich bitte einen schwarzen Kaffee und ein Stück von dem Apfelkuchen.", gebe auch ich meine Bestellung auf.

Die Kellnerin verlässt unseren Tisch und kickt dabei aus Versehen die dunkle Lederumhängetasche von Lilly um, mehrere Seiten Partitur flattern über den Boden und verteilen sich unter dem gesamten Tisch.

Verzweifelt bückt Lilly sich und fängt an, die einzelnen Blätter aufzuklauben. Während ich mich zu ihr unter den

Tisch geselle, entschuldigt sich die ungeschickte Kellnerin und verschwindet. Als wir endlich alle Blätter beisammenhatten, fängt Lilly an, sie der Reihe nach zu sortieren, da ich kein Name auf den Blättern finde fragte ich sie, was für Noten das sind.

„Ach das? Das ist für die Uni! Das ist Bach's Douple Vionino Concertino Dritter Satz. Ist wirklich interessant, wenn man selbst Klavier, Geige und Cello spielt. Na ja, ich muss das Leitmotiv für eine Arbeit um komponieren. Es bildet sich langsam eine gewisse Melodie in meinem Kopf, aber ich weiß jetzt schon, dass ich eindeutig nicht fürs Komponieren gemacht bin.", schallend lacht sie laut. Sie hat ein schönes Lachen, es ist melodisch und feminin, wie ihre Stimme.

Nun beuge auch ich mich über die Partitur: „Spielst du einen Teil?" „Ja ich spiele die erste Solovioline". Begeistert zeigt sie mir ihre Stimme, da ich einmal Gitarre gespielt hatte, wusste ich nur zu gut wie schwer dieses Konzert ist. Es hieß stundenlanges üben, vollkommene Konzentration und harte Arbeit.

„Respekt, ich könnte das nicht Mal nach jahrelangem Üben spielen." „Du spielst ein Instrument?", fragt sie interessiert. „Nein, also nicht mehr, ich habe mich Mal an der Gitarre versucht, aber ich bin einfach nicht musikalisch genug, es ist mir schwergefallen und die Erfolge kamen langsam und schwerfällig.

Mein Talent liegt wirklich eher in der Literatur, ich schreibe gerade an einem Buch." „Wirklich! Wie cool, das würde ich gerne Mal lesen, also wenn's dir nichts ausmacht." Lächelnd nicke ich. So unterhielten wir uns noch stundenlang über unsere Hobbys, unsere Interessen und das Studium. Erst als eine mehr als gereizte Kellnerin meint, sie würden gleich zu machen und wir müssten gehen, schauen wir auf die Uhr. Wir sitzen hier schon seit vier Stunden. Erst jetzt merke ich das es draußen dämmert. Gemeinsam verlassen wir das Café: „Du gehst jetzt heim?", fragt Lilly mich. „Ja ich sollte mich noch etwas für meinen Literaturkurs vorbereiten."

Sie lächelt mich an: „Na ja, dann würde ich Mal tschüss sagen, oder?" Ich nicke etwas enttäuscht. Überraschend nahm sie mich in den Arm: „Bye, bis bald." Ich umarme sie zurück. „Ciao." Sie lässt mich los, dreht sich um und geht davon. Kurz bevor sie um eine Ecke biegt, dreht sie sich noch einmal um, lächelt und winkt mir. Ich winke ihr zurück und sehe ihr nach, wie sie um die Ecke biegt. Erst dann drehe ich mich in die entgegengesetzte Richtung und gehe langsam heim.

Kapitel 5

Ein weiterer Abend allein

Jake Leen

Wenn du in den Himmel schaust,

und vorbei ein Sternchen saust,

drück es, küss es, denk an mich,

denn das Sternchen, das bin ich.

~ Unbekannt

Zuhause angekommen, bin ich ziemlich geschafft, ich habe wie schon seit Wochen keine Kraft mehr ist Fitnessstudio zu gehen, Leon habe ich mindestens genauso lange nicht mehr gesehen. Ich nehme mir fest vor, mich Mal wieder bei ihm zu melden und zum Fitness zu gehen. Bestimmt fragt er sich sonst, was los ist, er hat ja erst gestern nachgehakt, warum ich denn nicht mehr kam.

Ich setze mich in meinen breiten Sessel, ich habe ihn noch aus der Bibliothek meines Vaters, manchmal bilde ich mir immer noch ein, dass das mit braunem Stoff überzogene Polster nach seinem Aftershave riecht, obwohl der Sessel jetzt schon seit Jahren in meinem Besitz ist, ich ziehe die Beine an mich und denke zurück.

Meine Gedanken schweifen an die Zeit, in der sich mein Bild nach außen hin veränderte. Damals, vor dieser Zeit, liebte ich schon die Literatur und habe das auch sehr raus hängen lassen, ich zitierte oder las meinen damaligen Freunden vor, auf meiner Grundschule war das vollkommen normal, wir waren alle in diese Richtung gebildet.

Ich war ein lebensfroher Junge ohne Probleme mit vielen Freunden, doch dann zogen wir um genau in dem Jahr, als ich in die vierte Klasse hätte kommen sollen. Klar, anfangs war noch alles sehr gut, das Nachbarsmädchen und ich verstanden uns super.

Caro und ich wurden sofort beste Freunde und sie kannte mein wahres Ich. Leider sind wir genau zu einer Zeit umgezogen, in der Kinder nicht so viel Akzeptanz für einen "Anderen" oder auch "Neuen" aufbrachten. So kam es, dass ich in der vierten Klasse, wo sich alle schon kannten, keine Freunde fand. Trotzdem überlebte ich das Jahr ohne große Probleme, da ich davor auf eine Privatschule gegangen war, schaffte ich den Übertritt ohne Schwierigkeiten und ohne groß lernen zu müssen.

Anfangs störte es mich nicht, dass ich keine Freunde außer Caro fand, auch nicht auf der neuen Schule, ich hatte doch meine Bücher und nun eben Caro. Doch je länger ich der Außenseiter war, desto mehr nagte diese Rolle an mir. Es war nicht so, dass ich gemobbt wurde oder so, es waren halt noch Kinder und Kinder sind nun mal grausam, vor allem wenn sie in einer schützenden Gruppe waren, wie es hier der Fall war.

Schlimm wurde es aber, als Caro auf den Wunsch ihrer Eltern auf ein Internat wechselte, das war in der achten Klasse, ich wollte nicht, dass sie geht, immerhin war sie meine beste Freundin und na ja ich stand auch ein wenig auf sie. Trotz meines Flehens ging sie und ich war komplett allein.

Ich kam oft frustriert nach Hause und als meine Mom mich dann fragte was los sei, erzählte ich ihr das ich einfach frustriert von all dem Stress, dem Alleinsein, der Ausgrenzung und dem nicht-dazu-gehören war. Sie schlug mir vor, Sport zu machen, so kam es, dass ich mit 15 Jahren der Erste in unserer Klasse war, der ins Fitnessstudio ging.

Zudem kam ich relativ früh in die Pubertät und kam in den Stimmbruch. Meine Stimme war dunkel und tief und ich baute nach und nach Muskeln auf. Plötzlich änderte sich die ganze Situation für mich. Ich war beliebt, viele Mädchen wollten etwas von mir, doch ich tat auf unerreichbar. So bekam ich schnell den Status des Bad Boys. Scheinbar hatte ich Hunderte von "Girls" im Bett, aber das stimmte nicht.

Ganz im Gegenteil, ich war sogar noch ungeküsst. Je mehr ich in diese für mich neue Rolle gedrängt wurde, desto mehr passte ich mich an sie an. Ich fing an, mich nur noch dunkel zu kleiden. Meine Stimme war ziemlich cool, also fing ich mit dem singen und Gitarre spielen an, was Frauen Herzen höherschlagen ließ, meinten zumindest meine "Freunde".

Ich war nicht mehr alleine und doch so einsam. Ich war nicht ich selbst und doch gefiel mein neues Ich mir. Nur Zuhause und bei Caro war ich ganz ich selbst. Ich weiß noch, wie ich damals auf Caro stand, was für ein Desaster. Ich hatte ihr das nicht erzählt, sondern sie einfach geküsst, so kam es, dass ich mit 17 meinen ersten Kuss hatte.

Doch sie stand auf diesen Tom und damit kam ich klar. Wir blieben ganz normal Freunde, aber seit diesem Kuss hatte ich keinen Kuss mehr gehabt, geschweige denn eine Beziehung. Ehe ich mich versah, war ich zu diesem Bad Boy geworden und ja, ich mochte diese Rolle.

Ich mochte es, der Unantastbare zu sein, ich mochte es mir nichts vorschreiben zu lassen. Doch irgendwie war das nicht ich, nicht der Jake, der ich war. Ich war in einen Konflikt getreten. So wurde ich zu Macho für meine Freunde und blieb im Herzen Ich, für mich, meine Familie und Caro.

Und jetzt auch für Lilly, wieso ich so ehrlich zu ihr war, wusste ich nicht, vielleicht weil auch sie mir gegenüber so offen war.   Ich bin wieder in der Gegenwart angekommen und schaue auf die Uhr. Es ist schon zehn Uhr.

Ich stelle mich vor meinen Spiegel, meine dunkelblonden Haare müssen Mal wieder geschnitten werden, also nehme ich mir vor, mir einen Friseurtermin zu machen. Dann schweift mein Blick weiter über meinen Körper, dunkle braungraue Augen, eine gerade Nase und erstaunlich volle Lippen für einen Mann, doch zu meinem kantigen Gesicht passen sie irgendwie perfekt.

Ich wandere über meinen breiten Schultern zu meiner Brust, beide waren muskulös, doch nicht so schlimm wie bei Bodybuildern. Eigentlich mochte ich wie, ich aussehe, ich glaube, wenn ich etwas ändern würde, dann meine Füße, ich mag sie überhaupt nicht und weiß nicht mal wieso.

Na ja, ich werde jetzt noch duschen gehen und dann ins Bett, vielleicht schaue ich ja noch einen Film. Ich erhebe mich aus dem Sessel und streiche sanft über den braunen, gewebten Stoff, ich muss lächeln. Nach einigen Sekunden Stillstand wende ich mich von der Leseecke ab und gehe Richtung Badezimmer.

Nach einer kurzen Dusche lasse ich mich erschöpft ins Bett fallen. Was für ein Tag, ich wünschte, ich könnte mich jemanden anvertrauen. Ich nehme mir vor, mich morgen Mal wieder bei Caro zu melden, das letzte Mal habe ich sie vor einer Woche gehört. Mit diesem Gedanken sinke ich sanft in einen tiefen Schlaf.

Kapitel 6

Ein neuer Tag

Jake Leen

Im Schatten sah ich
Ein Blümchen stehn,
Wie Sterne leuchtend,
Wie Äuglein schön.
~ Johan Wolfgang von Goethe

Es ist ein sonniger Samstag, an dem ich aufwache. Draußen sind schon beschäftigte Leute unterwegs und auch die Straßen sind wieder voll mit Autos. Ich habe heute glücklicherweise frei und kann so lange im Bett bleiben, wie ich will. Doch ich habe mir für heute einiges vorgenommen, also stehe ich relativ schnell auf. Beim Frühstück schreibe ich mir eine kleine To-do-Liste, sodass ich nichts vergesse.

Ich will heute dringend Mal meine Wohnung putzen, denn meine Mom hat sich für den Sonntag angemeldet. Ich muss also noch einkaufen, damit ich etwas dahabe und kochen kann. Zudem will ich heute noch ins Fitnessstudio und Caro anrufen.

Als ich mit dem Essen fertig bin, nehme ich also all mein Putz Zeug und fange an. Ich arbeite mich von meinem Schlafzimmer über meine Küche bis zum Bad vor, sogar das Büro putze ich. Ich schrubbe alle Ecken und sauge den Boden gleich zwei Mal. Als ich bei meinem Wohnzimmer ankomme, mache ich kurz eine Pause.

Ich atme tief durch und versuche den Geruch von Entkalker und Spülmittel aus meiner Nase zu bekommen, dann trete ich ein. Eine Wand ist vollständig mit Büchern ausgekleidet, an ihr steht auch mein Sessel, an der angrenzenden Wand hingegen steht ein mittelgroßes Sofa und direkt gegenüber steht ein nicht gerade kleiner Fernseher.

Der ganze Raum ist in Anthrazit und Weiß gehalten. Nur kleinere Deko Elemente sind in einem kräftigen Königsblau. Zwei Vasen, die ich von meiner Mutter bekommen habe, und ein Poster von Caro, welches ein Buch zeigt, aus dem Buchstaben herauskommen. Zudem sind alle Fotorahmen in Blau gehalten.

Ich staube alle Bücher ab, sauge den flauschigen blaugrauen Teppich und wische das Sideboard ab, auf welchem mein Fernseher steht. Nachdem ich mit dem Putzen fertig bin, schreibe ich mir auf, was ich kaufen und was ich morgen kochen will und gehe los. Einige Stunden später habe ich alles eingekauft und verstaut.

Ich rufe Leon an und wir verabreden uns für die Fitness. Dort angekommen treffe ich ihn zum ersten Mal seit einiger Zeit. „Hi du." „Hi Verschollener.", lacht Leon. „Sorry, Kumpel, aber ich hatte in der letzten Zeit so viel zu tun.", entschuldige ich mich.

Das stimmt jedoch nicht wirklich, ehrlich gesagt hatte ich einfach nicht die Kraft zum Sport zu gehen wie sonst. Das Training erschien mir sinnlos, eigentlich erscheint mir vieles sinnlos. Das liegt bestimmt am Wetter, in den kalten Jahreszeiten fällt es mir schon immer schwer auf Kurs zu bleiben, sei es mit meiner Ernährung, dem Sport oder sogar meinem Uni Zeug.

Wir trainieren zwei Stunden an den Geräten, ich spote Leon und er spielt den Spoter für mich. Es fühlt sich gut an, mal wieder zu trainieren, ich merke zwar an den besonders schweren Gewichten, das meine kleine Auszeit sich bemerkbar macht, doch das motiviert mich nur in näherer Zukunft besser am Ball zu bleiben. Leon gratuliert mir zum guten Training und wir machen aus, dass wir uns bald wieder im Studio treffen werden.

Die Zeit vergeht und ich bin abends endlich frei. Frei vom Lernen für die Uni, bei der ich wieder einmal einige Lesung in letzter Zeit ausgelassen habe, frei von Aufgaben, die ich mir selbst auferlegt habe und frei von dem Gefühl, in der Luft zu schweben und nichts zu schaffen. Endlich frei! Ich habe wirklich geschafft, alles aufzuholen, auch wenn es nicht leicht war, geschweige denn wenig.

Ich schnappe mir mein Handy und kontrolliere nochmals die Uhrzeit. Ich darf Caro erst anrufen, wenn sie von der Arbeit kommt, doch die Zeit stimmt und so tippe ich auf das Anrufsymbol und warte ab. Schon nach den zweiten Klingeln meldet sich eine altbekannte Stimme:

„Heyyyy!“, tönt es schrill und nicht sonderlich erwachsen von Caro.

Ich kann mir so gut vorstellen, wie sie jetzt gerade Zehenwackelnd auf ihrem Bett sitzt, mit dem Einhorn Kissen kuschelt, welches ich ihr letztes Jahr zu Weihnachten geschenkt habe, weil so unnormal auf diese glitzernden Viecher steht und mit ihren lila Haaren wippt.

„Hey Kleine!“, sie hasst es, wenn ich sie so nenne, und ich liebe es sie zu ärgern, also perfekt. „Nenn mich nicht so Spatzenhirn!“, motzt sie mich an. Ich lache nur: „Jaja! Wie geht's dir und Tom?“ „Gut, du kommst noch zur Hochzeit?“ „Jahaaa!“, wirklich jedes Mal, wenn wir telefonierten, fragt sie mich, ob ich noch kommen werde, dabei war das letzte Telefonat oftmals nur wenige Tage her.

Sie lacht: „Was gibt's?“ „Nicht viel, ich habe nur jemand neuen kennengelernt.“ „Bitte sag mir, dass er schwul ist und du jetzt auch und dass ihr ein Paar werdet.“, quietscht sie mir ins Ohr. „Ne, er ist eine sie.“, sage ich entspannt. „UND IMMERNOCH, ICH BIN NICHT SCHWUL!“, meine ich nun nicht mehr ganz so entspannt.

Sie fängt an zu kichern und ich muss einfach mitlachen. Ihr Lachen ist so ansteckend. Seit wir 15 sind, versucht sie mir vergeblich einzutrichtern, dass ich schwul sei, einfach nur weil sie einen schwulen besten Freund möchte. Auch wenn ich kein Problem mit Homosexuellen habe und auch kein Problem damit hätte, selbst schwul zu sein, bin ich es doch nicht.

„Wer ist sie denn?", fragt Caro und nur einen Wimpernschlag später habe ich Lillys Gesicht vor Augen. Ihre feinen filigranen Gesichtszüge, welche sie bei Tageslicht so feminin und schüchtern erscheinen lässt. Ihr großen Rehaugen mit den braungrünen Pupillen. Ihre vollen Lippen, ihre zarten Hände, welchen man ansah, dass sie die Hände einer Musikerin sind und auch ihr Körper, so feminin, dünn und doch mit unglaublichen Rundungen, welche sich besonders zwischen meinen Beinen bemerkbar machen.

Beschämt versuche ich das immer detailliert werdende Bild von Lilly aus meinem Kopf zu bekommen, vergebens. Caro, am anderen Ende der Leitung wartet immer noch schweigend. „Ehm ja, sie ist so alt wie ich, auch in der Uni, aber in Musik. Sie ist wirklich interessant."

„Du scheinst Interesse an ihr zu haben, du hast dich doch nicht wieder in deine dämliche Rolle begeben?", fragt sie zweifelnd. Sie hasst es, wenn ich das tue, den Bad Boy spielen, sie hatte es das erste Mal mitbekommen als ich 16 geworden bin und mit ihr und einigen Schulfreunden meinen Geburtstag gefeiert habe.

Sie war nicht sauer, aber ziemlich enttäuscht als sie merkte, wie die Kerle aufgrund meines Spieles mit ihr umgingen. Sie dachten wirklich, sie wäre mein Geschenk an mich für meinen Geburtstag und genauso behandelten sie sie auch, abwertend und wie ein billiges Mädchen.

Als ich ihr jedoch erklärte, warum ich es tat und wie schwer ich es in den vergangenen Monaten hatte, ohne sie, alleine in diesem Nest mit einem Haufen pubertierenden Schwachköpfen, verstand sie es und ihre Enttäuschung milderte sich etwas.

„Nein erstaunlicherweise gar nicht, ich war sofort offen und ehrlich mit ihr. Sie hat eine Ausstrahlung, die mich einfach ich selbst sein lässt.", nach diesen Worten konnte ich Caro eigentlich schon grinsen hören.

Sie kennt mich einfach zu gut und ja auch ich kenne mich gut, ich merke immer mehr das ich mir zu Lilly hinzugezogen fühle. Doch ich weiß nicht ob das vielleicht nicht nur freundschaftlich ist. „Du wirst schon merken was richtig und was falsch ist.", meint Caro sehr vage.

„Soll ich vielleicht Mal wieder zu dir fahren? Einfach ein paar Tage miteinander verbringen. Hatten wir ja schon lange nicht mehr." „Klar, warum nicht. Klingt nicht schlecht.", ich freute mich jetzt schon darauf sie bald wieder hier zu haben. „Aber in der nächsten Zeit wird's schwer. Ich bin mit den Hochzeitsvorbereitungen und meinem Job mehr als ausgebucht."

Enttäuscht sage ich: „Schade, dabei hätte ich dich so gerne wieder gesehen." „Ich dich auch.", murmelt sie. „Was hältst du davon.", fange ich an: „Du nimmst dir übernächste Woche drei, vier Tage frei und dafür helfe ich dir mit den Vorbereitungen. So wie ich dich kenne hast du eh viel zu viele Überstunden."

Sie lacht: „Ja, da hast du recht. Ich glaube das können wir machen, aber Übernächste bekomme ich sicher nicht frei. Vielleicht in drei Wochen, zurzeit sind so viele Erzieher krank." „Ok, zwar schade, dass das wieder so lange weg ist, aber wenigstens bekomme ich dich überhaupt noch zu Gesicht."

Sie lacht und wir quatschen noch etwas über die Hochzeitsvorbereitungen und ihre neue Wohnung. Dann legen wir auf. Mit einem leicht verspannten Nacken gehe ich in die Küche.

Während ich mit einer Hand den Wasserkocher bediene, massiere ich mit der anderen meinen Nacken. Ich esse zügig zu Abend und mache mich dann Bett fertig. Als ich im Bett liege, freue ich mich schon auf morgen. Mit dem Gedanken an Lilly schlief ich ein.

Kapitel 7

Ein Essen zu zweit

Jake Leen

Bitte, gib mir doch ein Zeichen,

ob du ahnst, was ich empfinde,

ein kleiner Wink würde schon reichen,

damit ich wieder Ruhe finde

und all die Zweifel in mir weichen.

~ Wolf Dietrich

Meine Mutter ist wirklich ein liebenswerter Mensch. Sie ist immer nett und freundlich, selbst wenn es ihr schlecht geht, ist sie immer für einen da und hilft in jeder Situation. Manch einer würde, wegen meiner schon als Kind guten Beziehung zu meiner Mutter, meinen ich wäre ein Muttersöhnchen. Doch das stimmt nicht, natürlich krachte es auch mal zwischen meiner Mutter und mir, trotzdem respektierte ich sie immer und tue es noch heute. Vor allem aber, ist sie meine Mutter und ich liebe sie.

Ich stehe am Herd und schwitze Zwiebeln an. Heute wird es etwas Neues geben. Meine Mutter liebt es, wenn ich etwas koche, was sie noch nicht probiert hat. So erweitert sich ihr kulinarischer Horizont.

Heute gibt es ein scharfes Wok Gericht mit viel Gemüse und dazu Nudeln. Ich habe eine Riesenauswahl aus verschiedensten asiatischen Gewürzen, Pasten und Soßen, welche ich ohne genaue Mengenangaben nur nach Geschmack in mein Gemüse gebe. Ich habe einfach alles was an Gemüse da ist klein geschnibbelt und mit Nudeln und Fleisch angebraten.

Es riecht einfach wundervoll, als ich die Küche aufräume, den Tisch decke und mich umziehe. Dann klingelt es schon an der Tür, ich öffne mit einem Knopfdruck die untere Haustür und die von meiner Wohnung gleich darauf hin per Hand. Nur wenige Augenblicke später steht auch schon meine Mutter im Flur und zieht ihre Jacke aus.

Es ist Ende November und draußen schneit es zum ersten Mal dieses Jahr richtig viel. Ich bin zwar kein Fan von der kalten Jahreszeit, jedoch ein großer von Schnee. Schon als Kind fand ich den Schnee faszinierend, er war kalt und wenn man ihn zu lange in der Hand hielt, nass.

Das Beste ist jedoch, das er alle Geräusche schluckt. Als Kind wohnten meine Familie und ich recht nah an einer viel befahrenen Straße, die man Tag ein Tag aus hörte. Das Quietschen von Reifen, Hupen und das monotone Summen der Räder auf dem Asphalt ebenso wie das entfernte Röhren der Motoren gehörten seit jeher zu meinem Leben.

Doch im Winter, wenn der Schnee Zentimeter hoch liegt, genau an den Morgen in den Ferien, wenn die Sonne noch keine Chance hatte aufzugehen, in diesen Momenten hörte man nichts. Es herrschte absolute Stille.

Meine Mutter küsst mich auf die Wange und schnuppert in die Wohnung. „Was ist das denn Liebling? Es riecht einfach köstlich!" Ich grinse als ich ihren Stuhl zurückschiebe damit sie sich hinsetzten kann. Ja, ich bin manchmal ein Gentleman, aber nur dann, wenn es wirklich nötig war.

Wie immer steht ein dritter Stuhl am Tisch, er steht dort immer, obwohl ich nie mehr als eine Person zu Besuch habe. Nicht einmal Caro und Mom kamen am selben Tag und doch steht der Stuhl dort am Tisch, wie damals, als ich klein war.

Ich kam von der Schule heim, ich war gerade Mal fünf Jahre alt, damals hatten wir kaum Geld und wohnten in deiner kleinen Mietwohnung in einem Außenbezirk. Mein Vater kam wie immer später heim.

Das Essen stand schon auf dem Tisch, es war für drei gedeckt, doch Dad saß noch im Auto, wahrscheinlich auf der Brücke über den großen Fluss im Stau. So wie jeden Tag.

Meine Mutter und ich saßen am Tisch. Zwei Stühle besetzt, einer frei. Immer um dieselbe Zeit, genau halb drei hörte man das Dröhnen des Motors und das anschließende Schlagen der Autotür.

Dann sprang meine Mutter auf, um ihm ein kühles Bier nach der Arbeit einzuschenken. Sie saß nie ruhig auf ihrem Platz, wenn Dad durch die Tür kam. Ich auch nicht so bald nämlich meine Mutter aufsprang, stand auch ich auf, um mir meine Hände zu waschen. Es war immer das gleiche, ein Ritual.

Eins, das wir auch später nicht ablegen konnten. Auch dann nicht, als wir Geld hatten und in ein großes Haus zogen, zu dem mein Vater nicht mehr pünktlich kam. Als mein Vater verstarb, wurde dieses Ritual, das bisher immer Teil meines Lebens war, langsam durch Neue ersetzt.

Doch eine Sache hatte sich nie geändert, der dritte Stuhl. Selbst als mein Vater gestorben ist, konnte weder meine Mutter noch ich es lassen, den berühmt berüchtigten dritten Stuhl an den Tisch zu stellen.

Meine Mom lächelt, als ich das Essen auftische. Anfangs genossen wir das warme, scharf-würzige Essen, dann aber beginnt Mom nach mir zu fragen. „Schatz, wie lange hast du Caro schon nicht mehr gesehen?"

„Schon einige Zeit, aber wir haben erst gestern telefoniert und uns für die nächste Zeit verabredet.", antworte ich ihr. „Wusstest du schon das sie mich vor einigen Tagen zu ihrer Hochzeit eingeladen hat? Dieser Tom scheint sie wirklich glücklich zu machen."

Wie so oft liegt das Hauptthema auf Caro, Mutter vergöttert sie. Schon als wir noch Kinder waren, fand Mom sie einfach nur süß. In Caros Teenie Zeit war sie nie negativ aufgefallen und war immer respektvoll, was meine Mutter begeisterte.

Bis Caro Tom kennenlernte, war sie sich auch sicher, dass wir das absolute Traumpaar wären. Waren wir aber nicht und während sie schon verlobt ist, suche ich noch verzweifelt nach meiner ersten Freundin.

Das Essen war mir wirklich gut gelungen, lobe ich mich in Gedanken selber. Kochen gelernt habe ich, als meine Mutter krank wurde, ein Tumor an ihrem rechten Auge machte sie beinahe blind. Ich übernahm nicht nur den Haushalt und das Kochen, sondern auch jegliche andere Aufgabe, die normalerweise meine Mutter erledigt hätte.

Erst damals verstand ich, wie viel sie für Vater und mich machte. Mittlerweile kochte ich häufiger für sie als sie für mich. Ich will einfach nicht, dass sie zu Feiertagen oder besonderen Anlässen viel Arbeit hat, also feiern wir diese meist bei mir.

Nur gelegentlich komme ich zu ihr und koche dort. Putzen musste ich nicht, denn Mom hat eine Putzfrau, Claudia ist unglaublich nett und gerade Mal fünf Jahre älter als ich. Wir verstehen uns super und wenn Mom uns Mal nicht versucht zu verkuppeln, können wir uns Stundenlang unterhalten.

Sie ist Griechin und schimpft manchmal auf Griechisch mit mir, als wäre ich ein kleiner Junge. Das passiert immer dann, wenn ich mal wieder Mal Salz, Mehl, Zucker oder irgendwas anderes verschüttet oder Behältnisse kaputtmache.

Ich bin manchmal ein richtiger Tollpatsch. Wenn ich alles, was ich schon zerstört habe, ersetzten müsste, ich glaube, ich wäre pleite. Denn obwohl meine Mutter und ich ein Vermögen von Dad geerbt hatten, nutze ich mein Erbe nicht.

Ich habe mir von einem kleinen Teil der Summe die Wohnung gekauft und finanziere mir außerdem mein Studium, für alle anderen Ausgaben wie Strom und Alltags Sachen wie Essen arbeite ich vier Tage die Woche in der Buchhaltung.

Geld spielte nie eine große Rolle in meinem Leben, wir hatten immer genug zum Leben, nachdem mein Vater die Beförderung bekam und davor war mir nie bewusst, dass wir schwer zu kämpfen hatten finanziell, ich war einfach noch zu jung und meine Eltern gaben sich immer größte Mühe, mir all meine Wünsche zu erfüllen.

Ich grinse meine Mutter an, soll ich ihr von Lilly erzählen? Ich weiß nicht, rein theoretisch wäre sie unfassbar glücklich, dass ich jemanden gefunden habe, der mich mag, wie ich wirklich bin.

Andererseits, was ist das mit Lil und mir? Sind wir nur Freunde? Entwickelt sich da was? Was fühlt sie? Es war zum Zähne knirschen.

Kapitel 8

Eine Nacht voller Gedanken

Jake Leen

O! zarte Sehnsucht, süßes Hoffen,
Der ersten Liebe goldne Zeit!
Das Auge sieht den Himmel offen,
es schwelgt das Herz in Seligkeit.
Oh, daß sie ewig grünen bliebe,
Die schöne Zeit der jungen Liebe!
~ Friedrich von Schiller

Meine Mutter ist schon wieder auf dem Heimweg, vielleicht ist sie sogar schon daheim. Ich habe aufgeräumt und sitze nun im Sessel und versuche, mich auf die Story in meinem Buch zu konzentrieren. Doch ich lese nur Zusammenhalts lose Wörter, die nicht so Recht zu einer Geschichte werden wollen.

Ständig denke ich an Lilly, an ihr Lachen, an ihr Stirnrunzeln, wenn ich wieder vor mich hinplappere, an ihre hellwachen Augen und ihren wunderschönen Mund mit ihren vollen Lippen. Ich kann es nicht mehr verleugnen, ich mag sie. Ich mag sie vielleicht zu sehr für eine Freundschaft.

Ich will damit nicht sagen, dass ich sie liebe, Liebe muss sich entwickeln, braucht Zeit. Das hier ist eher das verknallt sein vor der Beziehung, das verknallt sein, dass sich später in Liebe entwickeln kann.

Verdammt! Was ist, wenn sie nicht so fühlt wie ich? Klar sie ist nicht mein erster Crush, aber die anderen kannten mich nie, außer Caro, aber selbst da war das irgendwie anders. Verdammt! Ich weiß nicht, was ich tun soll. Meine Gedanken kreisen um sie, denkt sie gerade an mich? Denkt sie überhaupt Mal an mich? Bin ich ihr wichtig? Fragen über Fragen drehen sich in meinem Kopf wie auf einem Karussell.

Energisch schlage ich das Buch zu, nur um kurz danach sanft über den dunklen Umschlag zu streichen. "Der Junge der Träume schenkte", steht auf dem Einband. Eine Romanze die nicht wirklich zu den anderen Büchern in meinem Regal passt.

Doch die Geschichte ist gut, zu gut. Sie nimmt mich mit, ich hatte gehofft das auch dieses Mal die Worte und die gefühlvolle Geschichte mich in ihren Bann zieht und mich vergessen lässt, dass sie das Gedankenkarussell stoppt und endlich Ruhe einkehren lässt, wenn auch nur kurz. Erschöpft lege ich das Buch nun endgültig aus der Hand und gehe zu meinem Schrank.

Ich hole Unterwäsche und ein Shirt heraus, um dann in Richtung Badezimmer zu verschwinden. Unter der Dusche hören endlich meine Gedanken auf zu kreisen, nur noch das Prasseln des warmen Wassers spüre ich auf meiner kalten Haut.

Wie kleine Perlen rinnen mir Tropfen aus den Haaren über die muskulöse Brust. Lange habe ich überlegt, mir ein Tattoo stechen zu lassen, letzten Endes habe ich es dann aber doch gelassen. Das Lilly ein Tattoo hat, weiß ich ja, eine aus feinen Kurven geschaffene Geige ziert in Schwarz- und Grautönen ihren linken Unterarm. Ob sie noch Weitere hat? Frage ich mich und sofort erscheint sie vor meinem inneren Auge.

Plötzlich schrecke ich auf, das heiße Wasser ist verbraucht und eiskaltes Wasser rennt nun auf meinen Körper. Ich drehe das Wasser ab und steige aus der Dusche. Ich ziehe mich an und fange an, meine Zähne zu putzen.

Dunkle Augen blitzen unter, durch die Dusche feuchten, dunklen Haare hervor. Weiße nun schaumige Zähne umrandet von für einen Mann sehr volle Lippen lassen das kantig-männliche Gesicht weicher wirken.

Es stimmt schon, ich sah nicht schlecht aus, viele sagen mir, ich sei echt hübsch, doch erst seit zwei, drei Jahren sah auch ich Sachen in und an mir mit denen ich zufrieden bin. Ich fand mich vor allem in meiner Teenie Zeit zum Kotzen. Ich fand mich mit meinen Lippen und meinen Augen zu weiblich und dann auch noch mein Hobby, Bücher, was für ein "Weiberkram".

Ich verstand einfach nicht, dass ich so wie ich nun Mal war, vollkommen gut war. Ich verstand auch nicht das ich, wenn ich mich verstelle, nicht glücklich sein konnte.

Ich glaube, sehr viele Jugendliche machen das durch, was ich hatte, es kommt nur darauf an, wie schnell du schnallst, dass du so wie du bist, toll bist. Jetzt bin ich so wie ich bin, stehe auf Literatur, mag mich und mein Aussehen.

Ich war fertig damit, Zähne zu putzen und mich im Spiegel zu betrachten. Erschöpft lege ich mich ins Bett und Stöpsel mich ein, leise spielt ein Song nach dem anderen und füllt meinen Kopf mit den bekannten Melodien. Auch wenn ich Bücher und Literatur liebe, mag ich auch gerne Musik.

Wahrscheinlich bin ich ein ganz normaler Mensch, was Musik angeht, auch wenn man das auch nicht sagen kann, immerhin hat jeder Mensch einen etwas anderen Musik Geschmack. Ich mag Rock aber ganz selten, wenn ich einfach Mal Ruhe von der Welt brauche, helfen laute Gitarren nicht, manchmal brauche ich ganz sanfte Klänge.

So wie jetzt. Während leise Musik spielt, starre ich auf mein Handy. Vielleicht würde sie ja anrufen, vielleicht sollte ich anrufen? Ich weiß es nicht. Ich klicke meine Kontaktliste an, vielleicht kann ich sie ja kurz anrufen. Doch weiter als bis zu ihrem Kontakt kam ich nicht.

Beinahe nervös blicke ich auf die Ziffernreihe, die Zahlen fangen an, vor meinem Auge zu verschwimmen. Mein Blick wandert zu der kleinen Uhrzeit oben am Rand. 23:04 Uhr, sie würde nie im Leben jetzt ans

Handy gehen, vor allem aber sollte sie längst schlafen und nicht noch am Handy sitzen, wie ich es tue.

Kurz stockt mein Atem als ein Song anfängt, den ich schon lange nicht mehr gehört habe "Girl Like You". Es stimmt schon, ich brauche ein Mädchen wie sie. Ein Mädchen, welches auf mich achtet und mich wirklich kennt.

Ein Mädchen, welches aufgeweckt ist und einfach sagt, was sie bedrückt. Ein Mädchen, das nicht mit mir spielt und für das Respekt an oberster Stelle steht. Ein Mädchen, das weiß, wie man auf sich aufpasst und das einem zur Hilfe eilt, egal ob du der Mann bist oder nicht. Geschlechterrollen existieren für sie nicht, sie kann genauso die Starke sein wie ich.

Ja, so ein Mädchen brauche ich und genau so ein Mädchen ist Lilly. Ich kann es nicht mehr verheimlichen, nicht vor anderen und erst recht nicht von mir, ich wollte mehr, mehr als nur eine gute Freundin. Ich will sie als feste Freundin, ich habe mich verknallt. Das schlimmste aber ist es gibt auf dieser Welt nur eine Person, der ich mich anvertrauen kann, Caro.

Meine Freunde würden mir vorschlagen, sie einfach zu „knallen", aber das bin nicht ich. Ich liebe es, wenn Gefühle sich langsam entwickeln, mein Auffahrunfall oder auch Crush mehr wird als nur ein Blechschaden, wenn ihr versteht, was ich meine.

Ich will mich nicht nur verknallen, ich will mich verlieben, ich will lieben. Mit diesen Gedanken falle ich langsam in einen tiefen Schlaf, die Kopfhörer noch in den Ohren, leise Love Songs spielend. Ich genieße das Gefühl. Das Gefühl, verknallt zu sein.

Kapitel 9

Die Angst vor Nichts

Jake Leen

Ich hab das "Ich" verlernt und weiß nur: wir.

Mit der Geliebten wurde ich zu zwein;

und aus uns beiden in die Welt hinein

und über alles Wesen wuchs das Wir.

Und weil wir Alles sind, sind wir allein.

~ Rainer Maria Rilke

Wie jeden Morgen werde ich doch unsanft von meinem analogen Wecker aus dem Schlaf gerissen und wie jeden Morgen hoffe ich insgeheim das, wenn ich jetzt drauf schlagen, würde das Drecksding einfach seinen Geist aufgäbe und ich weiterschlafen könne.

Noch müde wische ich mir den Schlaf aus den Augen, früher als ich noch klein war, hat Mom mir immer erzählt, dass das der Sand vom Sandmann war, der mir gute Träume bescherte.

Heute lache ich darüber, wie naiv ich war, einmal versuchte ich lang wach zu bleiben, um den Sandmann zu treffen. Manchmal, wenn ich schlecht geschlafen hatte, wollte ich ihn sogar schimpfen, weil er mir einen so schlechten Traum geschickt hat.

Wenn ich so zurück an meine Kindheit denke, denke ich mir, dass ich so unglaublich behütet aufgewachsen bin. Keine Kriminalität in der Vorstadt, in der ich lebte, keine bösen Kinder in meiner Klasse oder Schule. Im Allgemeinen war meine Kindheit sehr ruhig.

Ich frage mich, wie es bei Lilly war? Hatte sie auch so eine ruhige Kindheit voller Sonnenschein und Liebe? Ich strecke mich zu meinem Handy und kontrolliere meine Nachrichten und danach kurz die Uhrzeit. Entspannt lasse ich mich mit dem Handy in der Hand zurück in mein Bett sinken. Ich habe noch eine halbe Stunde Freizeit, denn mein Geschichtskurs fiel aus.

Ich schaue auf Lillys Kontakt. Auf ihrem Profilbild hatte sie ein wunderschönes langes dunkelrotes Abendkleid an und hielt eine Geige aus dunklem Holz nach oben. Sie sieht glücklich aus, sie lächelt übers ganze Gesicht und wenn ich mich nicht täusche, war ein ganz spezielles Glitzern in ihren Augen. Als Status hatte sie ein Datum 15.07. mit einem Herz dahinter. Ich war kein Typ der anderen Mädchen hinterherspionierte, aber dieses Datum macht mich doch sehr neugierig. Sie hat nie einen Freund oder so erwähnt und soweit ich es mitbekommen habe, ist ihr Geburtstag am 21.04., ein April Kind.

Ich klicke das Profil weg, um zu unserem Chat zu kommen, wir hatten wieder Mal kaum geschrieben. Sie ist online und ich überlege ihr zu schreiben als plötzlich das "online" in ein "schreibt ..." wechselt.

Sofort gehe ich aus dem Chat heraus, sie soll nicht sehen, dass ich drin war. Die Nachricht kommt an, doch ich warte noch kurz, um ihr zu zeigen, dass ich nicht ihretwegen online war.

Dann klicke ich auf die Nachricht: "Hey. Das letzte Treffen war echt cool und ich wollte fragen, ob wir uns Mal wieder treffen wollen?". "Klar, warum nicht", schreibe ich ihr zurück, sie ist noch online und scheinbar auch im Chat, denn die Häkchen färben sich sofort blau.

Schreibt...
Ich werde nervös, was wenn sie das als Spaß meinte,

Schreibt...Was, wenn das der falsche Chat war.

Schreibt...
Wieso zum Teufel braucht sie so lange, was schreibt sie.

Schreibt...
Mache ich mir vielleicht zu viele Gedanken? Plötzlich wechselt das schreibt in online. Keine Nachricht.

Ich warte, vielleicht überlegt sie ja? Immer noch keine Nachricht. Langsam drehe ich durch, habe ich das Gefühl. Habe ich etwas Falsches gemacht. Keine Nachricht.

Doch dann steht plötzlich wieder "schreibt..." da. Schreibt...Vielleicht hat sie die Nachricht ja gelöscht. Schreibt...

Und dann vibriert mein Handy, die Nachricht ist endlich angekommen. "Cool. Ja dann lass uns Mal wieder treffen. Wann passt es dir den am besten? Also ich habe Zeit und na ja ich bräuchte auch Mal jemanden zum Reden. Es ist etwas passiert ..."

Ein seltsamer Bruch entstand, scheinbar hatte sie alles darauf Folgende einfach gelöscht und etwas komplett anderes geschrieben.

"... Also es wäre cool, wenn wir uns in den nächsten Tagen treffen könnten." „Klar also ich hätte jetzt grad zufällig ne halbe Stunde vielleicht auch mehr, Zeit für dich" „Cool wo wollen wir uns treffen?". „Wenn's dich nicht stört komm einfach zu mir.". "Super, wo wohnst du?"

Schnell gebe ich ihr die Adresse und bitte sie frische Semmeln vom Bäcker zu holen. Als ich sage ich würde ihr das Geld zurück geben kommt nur ein "Nein" und sie geht Off.

Also an eigenem Willen mangelt es bei ihr eindeutig nicht. Keine schlechte Eigenschaft, ich finde es sogar richtig toll. Sie ist so eigenständig, hängt nicht wie die anderen Weiber immer mit an meinem Arsch, um dann "gerettet" zu werden.

Lilly kann das auch gut selber. Sie weiß was sie will und nimmt sich das auch, wenn sie will und wann sie will. Sie ist eine starke Frau, so selbstbewusst, irgendwie ganz anders als ich. Schon nach einer Viertelstunde steht Lilly vor meiner Tür. Natürlich hatte ich noch schnell aufgeräumt und mich fertiggemacht.

Ich öffne die Tür und sehe mich einer strahlend lächelnden Schönheit entgegen. Sie hält mir die Bäckertüte entgegen und sagt: „Hi, ich bin so schnell wie möglich gekommen." Ich nehme ihr dir Tüte ab und hab plötzlich ein kleines Wesen in meinen Armen liegen.

Lilly umarmt mich stürmisch und vergräbt ihren Kopf an meine Brust. Ich selbst bin gerade Mal 1.83m, nicht sonderlich groß für einen Mann, Lilly aber ist gut einen Kopf kleiner als ich. In einer dicken Winterjacke eingepackt und in Boots wirkt sie sogar ein wenig größer als ihre 1.65m.

Sie ist echt süß mit dem Dutt und den losen Strähnen, die in sanften Wellen ihr schmales Gesicht umrahmen. Ich lasse sie rein und nehme ihr ihre Jacke ab, unter der sie eins von diesen "Holzfällerhemden" trägt.

Es steht ihr unglaublich gut. Das Blau, dass noch vor einigen Wochen Recht verwaschen in ihren Haaren zu sehen war, ist nun vollständig verschwunden und der samtig braunen Farbton passt perfekt zu ihrem Erscheinungsbild. Sie sieht einfach nur gut aus.

Wir setzen uns an den Tisch, reden über Belangloses und essen gemütlich. Nach über einer Stunde schaue ich wieder auf die Uhr. Verdammt, ich habe das erste Seminar verpasst, irgendwie schaffe ich es in letzter Zeit nicht mehr regelmäßig dort hinzukommen, wo ich nun mal hinkommen sollte.

Ich checke kurz mein Handy und den darauf gespeicherten Plan für die Seminare und Kurse. Der Nächste ist wieder in einer Stunde, super. Lilly merkt, dass ich ihr nicht richtig zuhöre und stoppt. „Hey alles gut?", fragt sie und klang nervös. „Klar hab nur einen Kurs verpasst, aber das ist nicht so schlimm. Erzähl weiter!", fordere ich sie auf ihre Erzählung zu beenden, der ich schon vor dem kurzen Stopp kaum folgen konnte.

Viel zu sehr war ich damit beschäftigt, sie anzustarren und mir vorzustellen, wie ich sie küsse. Ja, küsse! Ich weiß auch, wie dumm das ist, natürlich bin ich für sie nur der nette Jake aus dem Club und nicht der Jake, den sie gerne als Freund im Sinne von Beziehung hätte. Es ist zum Verzweifeln. „Ach ja ...", reißt Lilly mich wieder aus meinen Gedanken: „Ich wollte dir ja noch was Wichtiges erzählen."

Kapitel 10

Der Pakt

Jake Leen

*Die Weidenröschen bedecken
Die Blöße mit Purpurpracht,
Durch rote Tannenstämme
Die goldene Sonne lacht.*

~ Hermann Löns

„Ich habe meinen Job verloren.", murmelt sie sichtlich beschämt in ihre Kaffeetasse, die sie sich an den Mund hält. „Wieso das denn?", frage ich geschockt, sie ist wirklich ein guter Barkeeper gewesen. Pardon Barkeeperin! „Mein Chef meint ich sei seit Wochen unkonzentriert und es scheine so als würde ich schnellstmöglich aus dem Laden wollen."

„Ist das so?" „Natürlich nicht, ich finde das ich meinen Job gut gemacht habe, gut vielleicht war ich etwas unkonzentrierter als sonst, aber das liegt sicher nur an der bevorstehenden Prüfungsphase.", meinte sie und stellt endlich ihre Tasse zurück auf den Tisch. „Der Arsch weiß doch genau das ich keinen anderen Job annehmen kann, weil die alle tagsüber sind und ich meistens in der Zeit nicht zu gebrauchen bin. Ich bin nun Mal ein Nachtmensch!", redet sie sich jetzt in Rage.

„Bitte beruhig dich doch. Ich höre dir auch zu, wenn du etwas weniger laut bist." Sie wird rot: „Sorry ich rege mich nur so auf. Das verstehst du doch, oder?" „Natürlich...", Versuche ich sie zu beruhigen, „aber jetzt sag mal, brauchst du das Geld wirklich?"

Sie zuckt mit den Schultern. „Die Instrumente sind das Problem weißt du. Meine Eltern waren von Anfang an dagegen das ich Musik studiere, sie wollte das ich etwas "mit Zukunft" mache." Als sie "mit Zukunft" sagte, hebt sie theatralisch die Hände in die Luft und machte große Anführungszeichen. „Die Instrumente sind alle nur geliehen, das ist viel billiger als sie zu kaufen. Aber ich muss halt monatlich diese Gebühr zahlen und das ist dann doch nicht so wenig Geld."

Ich überlege: „Wenn wir jetzt Mal davon ausgehen, dass du die Gebühr für die Instrumente nicht mehr zahlen musst, kommst du dann ohne Job über die Runden?" „Schwer", sagt sie: „Ich wohne im Studentenheim und das zahlt mir meine Patentante, aber auch sie hat nicht viel Geld. Es reicht gerade Mal für das Wohnheim und etwas Geld zum Essen. Das Studium hat mir mein Stipendium ermöglicht."

Ich bin verblüfft, wie einfach es ihr fällt, mit mir über so private Themen zu reden, es gefällt mir, dass sie keine Hemmungen mir gegenüber zu haben scheint. Ich würde ihr so gerne helfen und ich hätte sogar eine Idee, aber ich weiß eigentlich schon, dass sie kein Fan von der Idee sein wird. Ganz im Gegenteil, sie wird das Angebot sofort und ohne darüber nachzudenken abschlagen, aber ein Versuch ist es wert.

„Du, ich hätte da eine Idee", beginne ich: „Was hältst du davon, wenn ich dir die Instrumente zahle, also nicht die Gebühr, sondern ganz. Dann müsstest du sie nur bei mir abzahlen und dann nur so viel wie du kannst."

Sie starrt mich an: „Dein Ernst? Das würdest du für mich tun? Wir kennen uns doch erst seit ein paar Monaten." „Na und? Ich weiß das du ein ehrlicher Mensch bist. Ich kann dir vertrauen." Ich hoffe sie merkt nicht wie schwer es mir fällt ihr nicht zu erzählen das ich noch deutlich mehr empfand als Vertrauen.

„Trotzdem kann ich das nicht annehmen.", sagt sie wie erwartet. „Bitte überleg es dir doch, ich habe das Geld, wirklich! Ich kann damit nichts anfangen und sieh es Mal so, am Ende zahlst du es mir doch eh zurück. Nicht wahr?"

Ein Funke blitzt in ihren Augen, ich habe es geschafft, sie für diese Idee zu begeistern. Doch dann kommt die Frage aller Fragen, die Frage, von der ich gehofft habe, dass sie sie niemals stellen wird: „Woher hast du denn das ganze Geld. Ich glaube selbst dir ist bewusst, wie teuer Instrumente sind."

Ich hasse es, wenn mich Leute nach meinem Geld fragen, es ist mir nicht peinlich geerbt zu haben, doch ich mochte nicht wie die Leute mich dann abstempelten. Für sie war ich dann nur noch ein verwöhnter Junge, der in seinem Leben nie etwas selbst auf die Beine gestellt hatte. Es war ihnen egal das ich arbeitete und mir vieles selbst verdient hatte.

Ich schluckte: „Also mein Vater, also wir waren relativ vermögend, beziehungsweise sind es. Also er hat es mir und meiner Mutter einiges vererbt und ich habe mir davon die Wohnung gekauft. Also Ehm.“, ich bin bestimmt Knall rot.

Vorsichtig legt sich eine warme, weiche Hand an meine Wange. Sie schiebt leicht mein Gesicht nach oben, damit ich Lilly wieder in ihr wunderschönen Augen sehe: „Warum schämst du dich? Ich finde es gut, wie du damit umgehst, so ... Na ja ... reich zu sein. Ehrlich!“ Sie lacht: „Richtig bodenständig bist du!“ Ich muss auch lachen, die Stelle, an der ihre Hand lag, kribbelte.

Sanft lächelt sie mich an und ich nicke erleichtert. Ich war kein Kerl, der mit seinem Reichtum protzte, ich habe ja nicht Mal ein Auto. Trotzdem finden immer wieder Leute die Wahrheit heraus. Die Wahrheit hinter den ausgewaschen Jeans und den ausgefransten Shirts. Und obwohl ich denke, dass Leute darüberstehen können, können es viele nicht.

Sie sind neidisch auf eine Sache, die mich in ihren Augen aufwertet. Sie finden mit mehr Geld ist man auch mehr Wert. Sie verstoßen mich, auch wenn ich mich nicht verändert habe. Auch jetzt bin ich zwiegespalten, kann ich ihr die Last des Wissens wirklich aufbürden?

Das Wissen, dass einen, auch wenn man es nicht will, negativ, eifersüchtig oder sogar hasserfüllt werden lässt?

Doch Lilly legte eine solche Sanftmut und eine solche Bestimmtheit an den Tag, dass meine Zweifel sich beinahe in Luft auflösen.

Doch was ist, wenn ICH das Problem werde? Wenn ich wieder in meine Rolle zurückfalle. Alte Muster wieder hervorhole? Was ist, wenn ich wieder dieser Macho, dieser Playboy werde, den alle kennen? Einfach nur weil ich Lilly so verflucht gern hab. Weil ich einfach nichts dagegen tun konnte und mich verliebt habe.

„Jake, ich weiß, dass ich das kaum annehmen kann, aber na ja ich muss. Du bist der Einzige, den ich habe.", reißt Lilly mich aus meinen Gedanken. Ihre Wangen waren zartrosa gefärbt und wurden von Sekunde zu Sekunde immer dunkler. Erst jetzt realisiere ich was sie mit dem letzten Satz meinte.

Trotzdem fragte ich noch mal nach: „Wie, du hast niemand? Du hast doch deine Eltern und deine Patentante. Was ist mit Freunden." Plötzlich bricht es aus ihr raus, ihr ganzer Kummer scheint sie versteckt zu haben und ich hatte ihn mit meiner Frage herausgelockt. Tränen fließen ihr über ihre Wangen. Ihr Körper erbebt unter heftigen Schluchzern.

„Meine Eltern haben mich verstoßen, schon als ich mit meinem Studium begonnen habe, meine Patentante ist wirklich nicht mehr die Jüngste und leidet unter einer

Vorstufe der Demenz. Manchmal vergisst sie einfach, dass ich noch da bin, zudem geht ihr ganzes Geld für die Behandlung drauf. Ich darf und will von ihr gar nichts annehmen. Und das mit den Freunden ist so eine extra Geschichte."

Während sie redet, laufen immer weniger Tränen ihren bekannten Weg hinunter, bis sie schließlich vollends stoppten.

„Würde es dich stören, mir die Geschichte zu erzählen?" Sie schweigt, ich erwarte keine Antwort, wirklich nicht. Nicht einmal ein Nicken oder ein Kopfschütteln erhoffe ich mir. Ich wünsche mir nur dass sie nie wieder so weinen muss wie gerade eben. Plötzlich ertönt ihre Stimme: „Es begann alles mit einem Kerl, von dem ich wünschte, ihn nie kennengelernt zu haben."

Kapitel 11

Flashback

Lilly Drew

Es ist ein Glück zu wissen, daß du bist,

Von dir zu träumen hohe Wonne ist,

Nach dir sich sehnen macht zum Traum die Zeit,

Bei dir zu sein, ist ganze Seligkeit.

~ Otto Julius Bierbaum

Ich schaue ihn an, Jake. Dunkelblondes, ja fast schon braunes Haar, braune Augen und eine strahlende Seele. Er ist süß, zu süß. Er ist diese Art Mann, an der ich mir gerne die Zähne ausbiss. Sie sind nett, haben Geld und spielen sich immer als meine besten Freunde auf. Und genau das war das Problem. Freundschaft.

Ich verliebe mich in sie, um dann einen Korb zu kassieren. Klasse nicht? Ich sehe in seine Augen, es war Mitleid darin zu lesen und auch Zuneigung. Ich mag ihn, verdammt ich mag ihn zu gerne, aber das was ich ihm jetzt erzählen würde, könnte ihn zurückschrecken lassen und trotzdem werde ich es ihm jetzt erzählen:

Flashback:
Dieser Kerl ist nun schon zum vierten Mal die Woche hier und verlangt immer nach mir. Er sieht verflucht gut aus, richtig heiß in seinem dunklen Hemd. Er ist

muskulös, hat dunkelblondes Haar und strahlend tiefblaue Augen. Solche habe ich noch nie gesehen.

Ständig fragt er nach meiner Nummer und ob wir ausgehen wollen, doch ich blieb bis her standhaft. Wieso weiß ich nicht. Ich gehe wieder an den Tisch und will seine Bestellung aufnehmen, doch er spricht von was ganz anderem: „Findest du nicht auch das dieses Versteckspiel lang genug gedauert hat. Ich sehe dir an das du fasziniert von mir bist. Warum gibst du mir nicht einfach eine Chance.", ich war schockiert von seiner Ignoranz.

Doch es stimmte, alles an ihm faszinierte mich, seine Haare, seine Augen, seine tiefe Stimme, sein Stil einfach alles. Ich gab nach: „Ok, also hi ich bin Lilly." Er grinst über beide Ohren, es erinnert mich an das Grinsen einer Hyäne, irgendwie bösartig.

„Hi ich bin Levi. Schön endlich mal deinen Namen zu kennen." „Ebenfalls", murmle ich, irgendwie erscheint mir das ganze total verkehrt. Ich denke mir noch das ich jetzt wenigstens einen Namen habe denn ich meinen Freunden erzählen könnte, falls man einen Suchtrupp nach mir schicken muss. Irgendwie habe ich ein ganz übles Bauchgefühl bei dem Kerl.

Levi erhebt sich: „Lass uns doch Mal einen Kaffee trinken gehen.", meint er und es klingt gut. Ein Treffen in der Öffentlichkeit kann zu nichts Negativem führen, oder? Also nicke ich und er greift nach dem Stift in meiner Hand und hält mit der anderen mein Handgelenk fest.

Trotz der seltsamen Position ist die Schrift auf meinem Handgelenk elegant und gut leserlich, seine Nummer habe ich ja jetzt, zum Glück musste ich nicht meine rausgeben. „Bye schöne Frau.", verlässt Levi leise lachend das Restaurant und ich habe das schlechte Gefühl, das ich irgendeinen Fehler gemacht habe.

„Wir trafen uns seitdem immer öfter und ich verliebte mich in ihn. Ich wünschte nur, ich hätte auf mein anfängliches Gefühl gehört. Wir sind zusammengekommen und ich verlor dieses Gefühl, dass etwas nicht stimmt. Nicht einmal das meine besten Freunde sich von mir abwandten registrierte ich richtig.

Ich dachte damals echt, sie seien einfach nur neidisch auf mich. Ich bin nämlich recht bald schon zu ihm gezogen, er hatte eine riesige Wohnung und zeigte im Allgemeinen gern, dass er viel Geld hatte. Plötzlich war ich alleine, ohne es richtig mitbekommen zu haben, doch dann fing ich an, mich immer einsamer zu fühlen.

Scheinbar ging die erste Verliebtheit flöten und ich konnte endlich wieder klar denken. Nach einer Weile fand ich es komisch, dass er nie arbeiten ging, er studierte auch nicht und er besaß ja eine Riesenwohnung. Ich fragte mich, woher das Geld für unseren Wohlstand kam.

Ich weiß, es klingt verrückt, dass ich nicht schon viel früher nachgefragt hatte, aber es erschien mir einfach als unwichtig. Verstehst du? Ich hatte so auf ein Erbe oder reiche Eltern gehofft, doch ich bekam keine Antwort von ihm. Also kratzte ich mein ganzes Geld zusammen und engagierte einen Privat-Detektiv.

Sagen wir es so, er saß für das, was er getan hat, fünf Jahre. Mittlerweile sollte er wieder auf freiem Fuß sein. So wie ich ihn einschätze, ist er längst wieder in seiner altbekannten Branche aktiv, Drogen, Prostitution und all die anderen illegalen Dinge, bei denen ich den Überblick verloren habe. Und das wahrscheinlich mit neuem Namen, neuen Freunden und einem neuen Leben.

Durch ihn verlor ich alles. Meine Freunde, meine Freiheit, meine Sicherheit und meine Eigenständigkeit. Mittlerweile stehe ich wieder so gut wie möglich auf eigenen Füßen, aber dass ich gekündigt wurde, ist ein echter Rückschlag."

Jake starre mich erschrocken an, so persönlich war unsere Unterhaltung noch nie. Sein mittellanges Haar glänzte in der Sonne verführerisch und würde sich nicht das bloße entsetzten in seinen Augen spiegeln, so hätte er auch verflucht schöne Augen.

Ich muss schon sagen, er ist hübsch und genau davor habe ich Angst, dass er letzten Endes ist wie all die anderen. Jake schaut mir tief in die Augen, ein geheimnisvolles Schimmern liegt in ihnen. „Lilly, es tut mir so unglaublich leid. So etwas sollte niemandem passieren. Vor allem aber nicht dir."

Die Sanftmut und Ruhe in seiner Stimme lassen auch mich endlich entspannen. Nein, er war nicht so einer, er ist nicht wie die anderen. Er ist etwas Besonderes und er wird nicht mit mir spielen. Er darf nicht mit mir spielen, denn wenn er es tut, vertraue ich niemandem mehr.

Flashback:
Ich sitze weinend, schreiend auf dem Boden. Das darf nicht wahr sein, das darf nicht so sein. Verliebt in einen Dealer. Und kein kleines Fischchen nein, ich musste natürlich meinen Eltern einen kleinen Drogenbaron und den Leiter eines Bordells vor die Nase setzten.

Meine Eltern und ich waren noch nie auf einer Wellenlänge, Streit und Misstrauen war bei uns daheim an der Tagesordnung. Sie waren sehr konservativ: „Lilly bring endlich einen Mann heim". „Lilly, du wirst alt". „Lilly, wir wollen Enkel". Jetzt sitzt mein Verlobter bzw. Exverlobter im Knast wegen mir. Weil ich ihn verpfiffen habe!

Ich war Zuhause, gerade beim Essen mit meinen Eltern, als die Meldung kam. Wie immer hatten wir uns gestritten, weil Levi und ich noch keine Kinder hatten. Das ich gerade Mal 20 war, störte sie dabei kein bisschen. Dann kam die Meldung, Levi wurde verhaftet.

Meine Eltern tickten aus, sie liebten Levi, wahrscheinlich sogar mehr als mich. Ich wurde beschimpft als Hure. Ihre Worte hallen mir immer noch in den Ohren: „Du bist eine dreckige Hure aus seinem Bordell!", „Du bist nicht mehr unsere Tochter", „Ich hasse dich".

Jetzt sitze ich hier und es ist gerade Mal eine Stunde vergangen. Eine Stunde in der ich meinen Mann, mein Haus, meine Eltern und meine Zukunft verloren hatte. Ich war allein.

Ob ich jemals darüber hinwegkommen werde? Ich bezweifle es. Jake schaut mich schweigend an, sein Blick ist warm und liebevoll, ganz anders als Levis fällt mir auf. Und ich muss lächeln.

Kapitel 12

<u>Überraschender Wohnraum</u>

Jake Leen

Der Blüten viel, zum Strauß gebunden,

Gepflückt vom gold'nen Baum des Lebens –

Wenn eine nur dein Herz gefunden,

Dann war mein Streben nicht vergebens.

~ Heinrich Weiß

Geschockt ist das richtige Wort, obwohl wahrscheinlich auch verwirrt und überrascht meinen Zustand gerade sehr gut beschreiben würden. Mir ist so etwas nicht ansatzweise geschehen. Heile Familie, kein Drama, keine größeren Probleme mit Mitmenschen, einfach nichts. Ich war ein kleines Kind im Vergleich zu ihr.

Obwohl ich sie schon vor ihrem unglaublichen Geständnis für sehr stark hielt, habe ich nun vollsten Respekt vor ihr und ihrem Leben. Ich hätte das so nie führen können, ganz im Gegenteil.

Verstoßen, benutzt, weggeworfen, das alles beschreibt Lilly und trotzdem ist sie liebevoll, süß und, wenn ich es richtig mitbekommen habe, unglaublich Menschen offen. Sie kann mit jedem reden und schämt sich nicht dafür, einfach Mal jemanden anzuquatschen.

Die Stille, die gerade für einen Moment wie eine Blase über uns schwebte, platzt mit einem überraschenden Themenwechsel von Lilly: „Könnte ich dich Mal etwas sehr persönliches Fragen?" Ich nicke nur, unfähig etwas zu sagen, aus Angst sie könnte etwas fragen was ich nicht beantworten kann. „Bist du schwul oder so?" Augenblicklich werde ich Knall rot.

Es ist nicht so, dass ich homophob bin, wirklich, doch meine Mutter hatte mich sehr, nennen wir es Mal konservativ, erzogen. Über Sex wurde wirklich nie geredet und ich musste mich durch die Schule und das Web selbst aufklären. Gleichgeschlechtliche Liebe war dann noch mal ein viel größeres Tabuthema, auch wenn meine Mutter nichts gegen anders Orientierte hatte.

„Nein.", antwortete ich wahrheitsgemäß. Ich hatte mich noch nie zu einem männlichen Wesen hinzugezogen gefühlt. Ich hatte Kumpels, aber selbst die stärkste Freundschaft ist nicht im Ansatz das was ich für eine Frau empfinden kann, eine Frau wie Lilly.

„Wie kommst du darauf?", frage ich. „Na ja, ich kenne sehr wenige die so lieb und nett sind und auch dein Hobby ist eher ungewöhnlich für einen Mann. Auch wenn ich es gut finde, also ich hätte echt kein Problem, wenn du's wärst, es würde auch an uns nichts ändern. Ich mag dich so wie du bist. Wirklich!", versucht nun Lilly sich rauszureden.

Ich lache: „Man Lil! Nimm doch nicht alles gleich als Angriff gegen dich." „Tu ich doch gar nicht!", verteidigt sie sich. „Doch tust du, jetzt grad wieder." „Ne. Hör auf ich habe eh recht" „Niemals!" Unsere Diskussion ist ins Absurde über gegangen und wir beginnen einfach zu lachen.

Es fühlt sich so unglaublich befreiend an und ihr Lachen hallt wunderschön durch meine Wohnung. Klar, hell und einfach wundervoll. Unser Lachen verebbt langsam und Lilly hält sich den Bauch. Wir japsen beide nach Luft.

„Willst du bei mir einziehen?", fragte ich plötzlich ungehindert. Keine Ahnung, wo dieser Einfall herkommt und wie ich auf diese Idee kam.

Keine Sekunde habe ich darüber nachgedacht, was ich gerade gesagt habe und keine Sekunde möchte ich dies Übersprungshandlung bereuen. Ist diese Idee schwachsinnig, ja, vielleicht sogar wahnsinnig? Absolut! Werde ich es vielleicht bereuen? Ich glaube nicht.

„Ja", mein Herz macht kurz stopp. „Nicht dein Ernst? Du willst das?" „Klar ich habe eh kein Geld und kann eine günstige Unterkunft gut gebrauchen.", sie lacht. Ich sehe ihr genau an, dass sie das nicht wirklich ernst meint, sie nimmt mich einfach nicht ernst. Aber das stört mich nicht, denn jetzt wo diese Idee in meinem Kopf schwirrt, finde ich sie beinahe genial und davon würde ich auch sie überzeugen. „Ich meine das vollkommen ernst!" Ein

Funkeln stiehlt sich in ihre Augen, ich sehe ihr regelrecht an, dass sie abwägt, ob ich das wirklich ernst meine, und ob das doch eine gute Idee für sie ist.

Ein Grinsen stiehlt sich in mein Gesicht und scheint dort nie wieder verschwinden zu wollen. Mir wird bewusst was das für mich, für sie und für unsere Freundschaft bedeuten könnte. Wir würden uns Tag täglich sehen. Wir würden zusammenleben. Plötzlich nickt sie zustimmend.

Erst jetzt wird mir bewusst, was das bedeutet. Ich werde mit einer Frau zusammenzuziehen, die ich erst seit zwei Monaten kenne und auf die ich zudem einen Crush habe. Ist das zu fassen?

Ich habe das Gefühl, das ich jeden Moment aus diesem Traum aufwache. Doch das Einzige, was passiert ist, dass Lilly die Gedankenblase, die mich umgibt, zerplatzen lässt. „Sicher, dass ich hier einziehen kann? Immerhin kennen wir uns noch nicht so lange und ich weiß nicht mal, ob du wirklich den Platz hast, den ich bräuchte, also für meine Instrumente."

Ich lache laut auf: „Platz habe ich hier genug. Ich habe ein riesiges Arbeitszimmer, das ich nie benutze. Ich werde einfach den Schreibtisch in mein Schlafzimmer stellen und bis du ein Bett hier rein bekommst, wirst du wahrscheinlich auf der dort auch vorhandenen Couch schlafen." „Beweise mir wie groß das Zimmer ist.", lacht sie und wieder herrscht diese Leichtigkeit zwischen uns, die ich so liebe.

Wir lachen, wir scherzen, wir haben Spaß. Ich erhebe mich und bringe sie ins "Büro". Mit offenem Mund starrt sie den Raum an: „Das ist ja größer als das Studenten Zimmer, in dem ich bisher lebe und da wohnen wir zu zweit!" Sie fällt mir um den Hals. Immer wieder murmelt sie „danke", während ihre warmen Tränen meinen Hals hinunterlaufen.

Ich habe das Gefühl, dass ihr mehr auf dem Herzen liegt und das, wenn ich nur weiter graben würde, bald schon mehr über ihr tiefstes Inneres ans Tageslicht kommen würde. Doch ich traue mich nicht nachzufragen, sie wird doch sicher ihre Gründe haben mir nicht mehr zu erzählen, immerhin war das jetzt gerade schon mehr, als ich den meisten Menschen zutrauen würde mir zu erzählen. Vielleicht spinne ich ja auch nur und da ist nichts mehr,

Ihre Atmung wird wieder regelmäßiger und leiser, doch mein Beschützerinstinkt schaltet sich nicht aus. Aus einer unkontrollierten Laune heraus hob ich Lilly hoch, um sie in mein Schlafzimmer mit dem großen Doppelbett zu tragen.

Sie ist sichtlich verwirrt, sagt aber nichts, sondern kuschelt sich sogar an meine Brust. Sanft lege ich sie aufs Bett und schmiege ich mich zu ihr, ihr Kopf wandert auf meine Brust und hebt sich mit jedem meiner

Atemzüge. Wir liegen also in meinem Bett, kuschelnd, nachdem sie eingewilligt hat, bei mir einzuziehen und dann begonnen hat zu weinen.

Was für eine Verwirrung! Ihr Kopf dreht sich plötzlich zu mir, nur leicht und doch merke ich, wie nah sie an mir liegt. Ich spüre ihren Atem gegen meine Lippen.

Ich spüre, wie ihre Hand leicht über meinen Oberkörper fährt und auf der Seite meines Herzens stehen bleibt. „Wunderschön", flüstert sie gegen meine Lippen. Sie fühlt meinen Herzschlag und ich spüre, wie ihre Atmung langsam immer unkontrollierter wird. Ich hielt diese Spannung nicht mehr aus, ich hielt das Versteckspiel nicht aus.

Kapiteln 13

Große Gefühle von Angst bis Liebe

Jake Leen

Süß Erkennen erster Liebe,

Abschied von der weiten Welt,

Aus dem Felsen schlägt sie trübe

Einen Funken, der erhellt.

~Achiem von Armin

Plötzlich klingelt mein Handy und wir schrecken auseinander. Wollte sie mich wirklich küssen? Fühlt sie vielleicht wie ich oder war es nur ein Schwächemoment, in dem sie beinahe einen Fehler begangen hat? Ich greife nach meinem Handy auf dem Display stand „Caro" in großen weißen Buchstaben auf dunklem Grund, während unten das grüne Abnehmen Symbol hin und her wackelt. Etwas genervt von meiner besten Freundin entschuldige ich mich bei Lilly und gehe mit einem Lächeln aus dem Zimmer. „Was!" „Störe ich?". „Ja Lilly ist Grad bei mir. Verdammt du hast den perfekten Moment zerstört. Caro, musst du immer so ein beschissenes Timing haben?". „Sorry Großer, aber ich glaube deine Lilly kann ruhig Mal warten, das ist wichtiger!". „Dann sag doch endlich.".

„Deine Mom liegt im Krankenhaus. Sie hatte einen Unfall.". „Wie? Was? Wann?". „Ihr ist hinten einer reingefahren, dadurch hat sie die Kontrolle über das Auto verloren und ist in die Leitplanke gekracht.". „Weißt du wie es ihr geht?". „Ganz gut, also dafür wie ihr armes Auto aussieht. Totalschaden!".

„Aber ihr ist wirklich nichts passiert.". „Nicht wirklich. Sie hat nur einen Riesen Schock und ihr linker Arm wurde zwischen Airbag und Tür eingeklemmt und gebrochen.". „Hat sie was gesagt? Soll ich sie besuchen kommen?". „Es wäre sicher schön, aber gesagt hat sie nichts.". „Ich komme, sobald ich kann.". „Pass auf dich auf großer.". „Und du auf dich Kleine.". „Bye bis bald.". „Bis bald.". „Ciao". „Ciao"

Aufgelegt. Ich gehe zurück ins Zimmer, Lilly sitzt auf dem Bett und starrt Gedanken verloren aus dem Fenster. „Lilly?" „Ja?" „Ich muss leider sofort weg, ich packe nur noch ein paar Sachen und muss dann los.", obwohl wir noch vor wenigen Minuten einen sehr persönlichen Augenblick hatten, sage ich nicht, warum ich unbedingt losmuss.

Der Schock und auch die Sorge um meine Mutter überwiegen einfach. Vollkommen zerstreut laufe ich im Zimmer herum. „OK, dann gehe ich am besten", sagt sie und möchte sich vom Bett erheben. „Nein bleib doch, das ist ja jetzt auch deine Wohnung. Ich gebe dir den Ersatzschlüssel und bitte dich darum noch zwei anzufertigen. Ich vertraue dir, bring in den nächsten Tagen einfach deinen Kram in die Wohnung und mach dir das Zimmer gemütlich und wohnlich."

In ihren Augen lodert ein Feuer „Du meinst das wirklich ernst?" „Klar doch!", meine ich und lächle sie hoffnungsvoll an. Sie steht auf und kommt zu mir rüber, ein schwacher Kuss auf die Wange und ein trauriges Lächeln verwirrten mich nun vollends. Doch für "Frauenprobleme" habe ich jetzt keine Zeit.

Aus meinem großen Schrank hohle ich einige Klamotten und gehe dann ins noch Büro, um meine Reisetasche zu holen. Schnell verschwindet alles benötigte dort drin. Ich wusste ja nicht, wie lange ich bei Mom bleiben soll.

Ich bin so ins Packen vertieft, das ich nicht merke, dass Lilly die Wohnung verlassen hat. Erst als ich sie verabschieden wollte, merkte ich, dass sie weg war und mit ihr, glücklicher Weise auch der Schlüssel. Ich werde sie bald wiedersehen, ist noch das letzte, was ich dachte, als ich das Haus verlasse.

Ich habe zwar keinen Wagen, weiß aber das jede Stunde ein Zug in das Dorf meiner Mom fährt und der nächste geht in 20 Minuten. Ich beeile mich und schaffe es sogar rechtzeitig in dem Zug, mit Ticket, obwohl ich an der Bäckerei, an der ich mir noch schnell einen Kaffee holen musste, um nicht im Zug einzuschlafen, lange warten musste.

Das sanfte Rattern über die Schienen entspannte mich und endlich konnten meine Gedanken frei durch meinen Kopf ziehen. Und wie nicht anders erwartet drehen sich meine Gedanken nur um Lilly.

Hatte sie mich küssen wollen? Wenn es passiert wäre, würde es bedeuten, dass sie mich genauso mag wie ich sie? Oder heißt das, dass sie etwas ausprobieren wollte? Vielleicht hatte sie nur testen wollen, ob ich wirklich hetero bin. Oder sie hat mich nur verarschen wollen. Vielleicht würde sie es bereuen, mich zu küssen.

Verdammt! Was war ich ein schlechter Sohn! Meine Mutter hatte einen Unfall und das Einzige, an das ich pausenlos denke, ist Lilly. Langsam gehe ich mir selbst auf die Nerven! Lilly hier, Lilly da, Lilly überall. Ich glaube ich Versuche Mal über die Zeit, in der ich bei Mom bin, Lilly weitestgehend aus meinem Kopf zu streichen.

Genau das tue ich! Keine Frau soll mich so in Beschlag nehmen. Genervt und doch euphorisch ziehe ich mein Handy aus der einen und meine Kopfhörer aus der anderen Hosentasche. Kurz überlege ich, ob ich lieber Musik hören sollte oder ein Hörbuch, doch ich will meine Gedanken aus meinem eigenen Kopf fernhalten und nichts hilft besser als simpler Humor in Form eines Hörbuches, welches ich mittlerweile auswendig mitsprechen kann.

Nichts hilft so gut gegen nervige Gedanken wie das Känguru. Alle drei Teile habe ich auf dem Handy, doch wenn es darum geht, über sowohl stumpfsinnige als auch intellektuelle Witze zu lachen und alles zu vergessen, geht nichts über die Känguru Chroniken. Ich tippte auf die Starttaste und schon sprach Mark-Uwe Kling mit mir.

Ich bin froh, dass niemand anderes in dem Abteil sitzt, so kann ich an meinen Liebling Stellen einfach laut lachen. Während der Himmel draußen immer dunkler wird, neigen die Kapitel sich dem Ende zu. Meine Gedanken sind gefangen zwischen Kommunismus und Schnapspralinen, oder wie es in meinem Lieblingskapitel heißt: Prapsschnalinen.

Die Bäume werden immer größer und der Himmel immer dunkler, doch je weiter wir uns aus der Stadt entfernen, desto mehr Sterne glitzern oben am Himmel. Ich war schon immer ein Romantiker, Sterne sind keine verlebten Planeten für mich. Sie sind wie Tore. Tore zu wundervollen Orten, wie wir sie nur in Büchern finden können.

Schon als Kind hatte ich das geglaubt, bis die Schule und das Wissen meine bisher so schöne rosige Ansicht auf die ganze Welt zerstört haben.

Klar, wir Kinder müssen aufgeklärt werden, wir müssten die Wahrheit lernen, doch jedes Mal, wenn ich zu den Sternen hinaufsehe, denke ich mir, jedes bisschen Wissen verdrängt ein kleines Wunder. Ich schaue auf das helle Schild am Abteil Eingang. Es zeigt mir, dass die nächste Station meine, ist und ich jetzt wohl oder übel den Zug verlassen muss.

Ich liebe Zug fahren, ich liebte es schon immer, das Rattern der Räder auf den Schienen, das sanfte dahin gleiten durch Berge, Natur und Stadt. Es hat etwas Magisches und etwas Würdevolles. Ich schüttele leicht meinen Kopf, also manchmal hatte ich echt einen Dachschaden.

Kapitel 14

Und plötzlich ist alles anders

Lilly Drew

Wenn dir's in Kopf und Herzen schwirrt,

was willst du Besseres haben!

Wer nicht mehr liebt und nicht mehr irrt,

der lasse sich begraben.

~ Wolfgang von Goethe

Ich stehe zwischen meinem kleinen Sideboard und meinem Bett, dazwischen ist gerade noch genug Platz, um zu zweit dort zu stehen. Das Zimmer, in das ich jetzt dank Jake ziehen dürfte, ist doppelt so groß und das würde ich dann alleine beziehen. Genug Platz für meine Instrumente und endlich auch einen Schreibtisch.

Zwei Freunde meiner Mitbewohnerin schleppen gerade die Kisten mit Kleinkram in einen Transporter, den Hanne für mich aufgetrieben hat. Ich würde nicht sagen, dass wir gut befreundet sind, doch wenn ich sie Mal brauche, sind sie da.

Nervös spiele ich mit dem Schlüssel zu Jakes Wohnung Rum. Jake. Jake, Jake, Jake. Wieso nimmt er mich nur auf? Und nicht seine bestimmt supersüße und heiße Freundin. Caro stand auf dem Display und ich weiß zu genau, dass das weder seine Schwester noch seine

Mutter war, denn ich weiß, dass er keine Schwester hat und seine Mutter Maria heißt.

Die Art, wie er sie „Kleine" genannt hat, so liebevoll, so süß. Ich wollte wirklich nicht lauschen, doch ich musste wissen, wer das ist, leider habe ich nicht viel verstanden. Doch ich würde Mal sagen das "Kleine" und sein überstürzter Aufbruch nur mit einem verbunden werden kann, einer Frau, die ihren Mann wiedersehen will.

Dabei dachte ich noch, dass er mich vielleicht auch mag, der fast Kuss, die Zärtlichkeit in seiner Bewegung, wie er mich umarmte, seine Stimme, wenn er mit mir redet. Verdammt, alles klang so verdammt logisch. Bestimmt war ich für ihn nur eine Art Schwester. Eine Art Kumpel, ach keine Ahnung!

Ich hasse es! Ich hasse es so sehr! Schon wieder verknallt in einen Kerl, den ich nie haben werde, einen Kerl, der mich nie so lieben kann, wie ich es mir wünsche.

Tränen kullern über meine Wange, zuerst eine, dann zwei und dann immer mehr. Ich kann gar nicht mehr aufhören zu weinen. Ich schmeiße mich auf mein Bett, die warmen Tränen werden von der weichen Decke aufgesaugt. So liege ich da, weine vor mich hin und werde letzten Endes immer leiser, bis nur noch vereinzelt Tränen auf das nasse Kissen tropfen.

Ich habe bisher selten um einen Kerl geweint, doch als ich ihn das erste Mal sah, spürte ich schon dieses kribbeln, den Drang lächeln zu müssen, ohne dafür einen Grund zu haben. Die Textnachrichten wirkten so ungezwungen und einfach, als wäre alles so, wie es sein sollte. Schon beim ersten Treffen in Café spürte ich eine magische Anziehung. Ich frage mich seit dem Tag, ob es sich wohl so anfühlt, seinen Seelenverwandten zu treffen? Doch er kann es nicht sein, immerhin gab es ja schon eine andere in seinem Leben.

Ich weiß nicht, wie lange ich hier lag, und ich weiß auch nicht, wie ich nicht mitbekommen konnte, dass sowohl mein Teppich als auch das Sideboard verschwinden konnten. Ich setze mich auf und wische über meine geschwollenen Augen. Nur noch klebrige unsichtbare Spüren zieren mein Gesicht.

Caro spuckt in meinem Kopf, dabei wusste ich nicht Mal, wie sie aussieht. Trotzdem ist sie in meinen Gedanken wunderschön, das genaue Gegenteil von mir, blond, kleiner als ich, süß, wahrscheinlich war sie auch etwas konservativer als ich, etwas mehr wie Jake. Ihr Jake.

Wie oft hatte ich in Gedanken ihn meinen Jake genannt. Ja, ich hatte mich absolut verknallt, in Jake, in den vergebenen Jake. Trotzdem wollte er das ich einziehe, nicht Caro. Ein wirres Lächeln stiehlt sich auf meine Lippen und endet in einem Lachflash.

Kichernd und mit Tränen benetzten Augen kullere ich mich auf meinem Bett herum. Plötzlich betritt Hanne das Zimmer und setzt sich zu mir auf das Bett.

„Süße, warum weinst du und fängst dann an wie bekloppt zu lachen." „Ist nicht so wichtig!", versuche ich alles abzustreiten. Ich will ihr nichts zu Privates anvertrauen, denn etwas an ihr schrie geradezu „SCHLANGE". „Lil! Lüg mich nicht an, ich weiß das du was hast." „Du weißt doch, dass ich einen Kerl kennengelernt habe, ich habe mich verknallt.", verrate ich ihr widerwillig. „Also Liebeskummer?", fragt sie. „Korrekt! Ich ziehe bei ihm ein, aber er ist vergeben. Verstehst du das?", meine Barriere ist plötzlich aufgebrochen, als eine überraschende Welle Wut über Jake sich in mir breitmacht.

„Woher weißt du denn, dass er vergeben ist?", fragt sie weiter. „Na ja ich weiß es halt.", zucke ich mit den Schultern. „Wenn du das sagts.", meint Hanne, doch ein Unterton des Unverständnisses liegt in ihrer Stimme.

Sie wechselt das Thema: „Die Jungs würden dann gerne das Bett noch wegbringen damit sie zur Party können, ach ja willst du vielleicht mit?", fragt Hanne mich, doch ich winke ab.

In meinem neuen Zuhause wartet allerlei Arbeit auf mich. Sobald ich wieder in Jakes und jetzt auch meiner Wohnung bin, helfen mir die Jungs von Hanne nur noch alles hochzutragen und ins Zimmer zu stellen. So sitze ich jetzt hier auf meinem abgezogenen Bett, umgeben von gefühlt Hunderten Kissen.

Jake ist schon einige Tage weg und ich habe noch nichts von ihm gehört. Wie gebeten habe ich zwei neue Schlüssel anfertigen lassen und morgen würden noch mal ein paar Freunde und Freundesfreunde kommen, um Möbel zu rücken.

Ich beziehe nur noch das Bett und beschließe morgen einzukaufen. Meine Gefühle waren katastrophal, weshalb ich sie einfach abstellen will. Immer öfter geling mir das auch. Es gelingt mir weder an Jake zu denken noch an Caro, ich vergesse die Trauer und den Kummer.

Ich versinke seit nun vier Tagen in Arbeit, ich putze mein Zimmer, das wundervolle Bad und die Küche, ich organisiere den Umzug, laufe immer wieder zum Baumarkt, um einzukaufen oder wegen den Schlüsseln. Ich bin ständig auf Zack. Das tut mir auch gut, bis zum Abend, wenn ich alleine im Bett liege, anfangs noch in der kleinen Studentenwohnung jetzt in Jakes Wohnung.

Unserer Wohnung. Das kling schön und schon fließen erneut die Tränen. Egal wie gut ich Jake über den Tag hinweg vergessen konnte, nachts bricht alles wieder ein.

All die Gefühle, welche ich so gut unter Kontrolle brachte, ließen sich abends nicht mehr unterdrücken. Es ist zum Verzweifeln, doch niemand merkt es. Niemand merkt, was für ein seelisches Wrack ich bin, und das ist auch gut so, niemand solle erfahren, wie es mir geht.

* * *

Am nächsten Morgen wache ich relativ erholt auf. Heute würden die viele Leute hier sein, um mir zu helfen, also beschließe ich schnell noch ein paar Bier und etwas für den Hunger danach zu kaufen. Also checkte ich den nächsten Supermarkt in der Nähe und gehe dann zu Fuß hin. Ich kaufe Bier und alles, was man für um die 10 Sandwiches braucht. Wieder Zuhause beginne ich schon mal alles vorzubereiten.

Als das Essen so weit fertig ist, beginne ich Kisten mit Zeug, die heute nicht relevant sind, aus dem Zimmer heraus zu tragen oder zu schleifen. Seit wann habe ich nur so unglaublich viele Bücher, Hefte und Ordner? Ich bin fast fertig, als es an der Tür klingelt, als ich sie öffne, stehen Hanne, Nina und ihre Freunde davor.

Sofort ist die Wohnung voller Leute, während die Männer der Mädels meinen neu erworbenen Schrank zusammenzubauen und mein Sideboard wieder zusammenschrauben, machen sich die zwei Mädchen auf die Suche nach Beweisen, das Jake vergeben ist.

Nur mit größter Mühe kann ich sie irgendwie von Jakes Zimmern fernhalten. Darum bitte ich sie, wenn sie wollen, schon mal meine Klamotten in den endlich stehenden Schrank zu verräumen. Mit größter Sorgfalt machen sie sich ans Werk, während die beiden Männer den Schreibtisch, der mir nicht gehörte und die Couch, die bisher in dem Raum standen, wegzutragen.

Jake hat heute eine Antwort auf meine Frage von vor drei Tagen beantwortet, in der ich gefragt habe, wohin die Stücke sollen. Mehr hatte ich aber auch nicht von ihm gehört.

Als alle Möbel aufgebaut waren und alle Kisten mit Kleinkram wieder im Zimmer standen, machen wir uns daran, Bier trinkend mein neues Zimmer einzuweihen und dann genüsslich die Sandwiches zu verdrücken.

Der Abend war unglaublich gemütlich und als die beiden Pärchen die Wohnung verließen, bekam ich sogar noch ein Päckchen von Hanne und Nina. Als ich das Papier Aufriss hatte ich ein superkitschiges Kissen in der Hand, auf dem ein goldenes Krönchen zu sehen war und darunter den Spruch: „Ich brauche keinen Märchenprinzen, die Welt regieren kann ich alleine." Lachend drücke ich meine Freunde und verabschiede mich schnell von ihnen.

Ich hatte immer Probleme damit Geschenke für andere zu finden, einfach weil ich wollte, dass der beschenkte auch noch in einigen Monaten etwas davon hat und es auch wirklich benutzen konnte. Meine Unfähigkeit war meinen Freunden aufgefallen, weshalb wir die Regel einführten, dass wir uns nur noch absoluten Schwachsinn schenken durften, je dämlicher und kitschiger, desto besser. Nach diesem langen und körperlich anstrengenden Tag war ich unglaublich erschöpft, weshalb ich sofort ins Bett fiel. Kisten auspacken kann ich auch morgen noch.

Kapitel 15

Gedankenkarussell und Müdigkeit

Lilly Drew

Verliebte brauchen keine Zeugen,

Sie sind sich selbst genug allein!

Auch wenn sie, satt vom Reden, schweigen,

Und wenn sie schweigen,

Ist doch ihr Wunsch, allein zu sein,

Ihr Wunsch, allein zu sein.

~ Johann Gottlieb Stephanie

Am nächsten Morgen wache ich zum ersten Mal seit Jake weg ist, gut gelaunt auf. Als ich meine Klamotten, welche die Mädels gestern überordentlich in meinen neuen Schrank verteilt hatten, nach älteren Stücken durchsuchte, dachte ich schon an den herrlich frischen Kaffee, den ich nun jeden Morgen trinken konnte.

Ich überlege noch kurz, ob ich schnell unter die Dusche springen soll, oder ob es besser wäre, nach dem heutigen Tag erst ordentlich zu duschen. Immerhin würde ich heute noch bohren. Am liebsten würde ich noch die Wand an meinem Bett dunkelrot anstreichen, doch ich wusste nicht, ob das von Jakes Seite und auch vom Vermieter aus klar geht.

Also muss mein bisheriges Poster über meinem Bett bleiben. Schnell ziehe ich mich an und gehe nach einem kurzen Badezimmer Aufenthalt in die Küche und mache mir einen Kaffee. Während ich darauf warte, dass das braune Wunder von Koffein bei meiner Tasse die Luft rausließ, suche ich nach den Resten des gestrigen Sandwich Baus.

Ich weiß noch, dass ich irgendwo Frischkäse und Salami habe und Brot ist ja auch noch da. Schnell frühstücke ich, um gleich mit der Arbeit anzufangen. Ich schaue mich stolz in meinem neuen Reich um, der neue Schrank und der Tisch, den ich von Marvin, Ninas Freund, habe, machen sich unglaublich gut in diesem riesigen Zimmer. Obwohl mein Bett und eigentlich auch jedes andere Möbelstück nicht klein waren wirkte der Raum, dank der hohen Decke und den großen Fenstern, immer noch gigantisch.

In echt war sogar immer noch genug Platz für meine Instrumente, die ich endlich aus dem Unikeller holen kann. Den Vormittag über brachte ich meine Pinnwand, Poster und Fotos von mir, meinen Freunden und Familie an die vier Wände.

Dann mache ich mich daran, die Kisten auszupacken, Bücher fanden ihren Weg in das Regal, Deko wurde im ganzen Zimmer verteilt, meine Unisachen verschwinden in dem Schreibtisch und alle meine Musik und Instrumental Sachen wandern in eine Ecke mit dem Sideboard. Dorthin verschwinden auch Fotoalben und mein Bettzeug. Zu guter Letzt sauge ich schnell durch und lege einen kuschligen dunkelroten Teppich auf den Boden.

Alles wirkt so gemütlich und ich fühle mich richtig wohl. Als ich endlich wieder Zeit finde, auf die Uhr zu schauen, erschrecke ich leicht, weil ich vollkommen vergessen hatte, Mittag zu essen. Irgendwie war die Zeit davongelaufen und ich musste mich jetzt beeilen zu duschen, mich anzuziehen und zu essen, damit ich rechtzeitig bei der Uni bin.

Ich habe mit meinem Coach geredet und er fand es gut, dass ich die Instrumente endlich in meine Wohnung bringen wollte, wo sie nicht ständig der Kälte und Nässe ausgesetzt sind. Er würde mir den Keller aufsperren, obwohl Samstag ist. Samstag sind nämlich keine Proben geduldet, aber ich wollte ja nur schnell die Instrumente holen. Einmal das Cello und meine Geige, welche einfach nicht in mein winziges Studentenzimmer passen wollten.

Eine Stunde später sitze ich mit einem riesigen Grinsen im Gesicht auf meinem Flausche Teppich und bin einfach nur begeistert. Ich liebe dieses Zimmer. Mein Zimmer.

Dank dem ganzen Aufbauen und Einräumen hatte ich Jake vollständig aus meinem Gedächtnis drängen können. Doch jetzt war er wieder da, noch aufdringlicher als zuvor und ich wünsche mir nichts mehr, als dass er einfach nur aus meinem Kopf verschwindet.

Schnell schnappe ich mir meinen Laptop, um mich mit Arbeit zu beschäftigen. Ich suchte nach einem Job, immerhin muss ich ja irgendwas zu meiner Wohnung hier beitragen, egal was Jake sagt.

Ich aktualisiere meinen Lebenslauf und schreibe einige Bewerbungen an Filialen, die sich hoffentlich bald melden würden.

Zwei Stunden später hatte ich mich bei drei Supermärkten, zwei Bars und unzähligen Cafés und Restaurants beworben. Zudem hatte ich es erstmals mit Unterricht versucht. Ich habe eine Anzeige aufgegeben, in der ich mich sowohl als Klavier als auch als Geigenlehrerin beworben hatte. Ich hoffte, dass es gut ging.

Plötzlich springt mir eine winzige Anzeige ins Auge. Ein kleiner Buchladen hier in der Nähe sucht nach einer fleißigen Hilfe. Ich klickte mich rum und fand den Laden einfach toll. Ich würde als Verkäuferin tätig werden, weil die Besitzerin keine Ahnung von elektrischem Bezahlen hat. Sofort schicke ich Bewerbung und Lebenslauf ab. Hoffentlich melden sich bald die Ersten, je schneller ich einen Job habe desto, besser.

Jake tauche plötzlich vor meinem inneren Auge auf, ich vermisse ihn schrecklich, doch bestimmt hat er unglaublich viel Spaß mit seiner Freundin. Wieso hat er mir eigentlich nie erzählt, dass er vergeben ist? Läuft es vielleicht zurzeit nicht so gut bei ihnen? Das Gedankenkarussell beginnt sich wieder zu drehen und mit ihm auch mein Kopf.

Schrecklich Kopfschmerzen plagen mich, sodass ich aufstehe und mir etwas zum Trinken holte. Nach zwei Gläsern Wasser geht es mir besser, doch ich hatte immer noch Druck auf den Augen.

Ich überlege, ob ich mich noch schnell an die Instrumente setzen sollte, doch das "Kein-Bock-Syndrom" ließ mich nur ins Bett fallen und meine Augen schließen. Es ist noch nicht so spät, vielleicht erst sieben Uhr, doch die Müdigkeit übermannte mich und ließ mir keine Zeit fürs Umziehen und Zähneputzen. Ich schlafe voll angezogen auf meiner Decke ein.

Mitten in der Nacht wache ich Schweiß gebadet auf. Ich hatte einen Albtraum. Jake verwandelte sich in meinen Exfreund, er hatte sein damals noch kleines Geschäft in ein Imperium verwandelt, und weil ich blind vor Liebe war, heiratete ich ihn, ohne nachzudenken.

Ich war nun Komplizin und fand heraus, dass Jake neben den Drogen auch noch Auftragsmorde durchführte. Eines Tages beging einer seiner Leute ein Attentat auf ihn und erschoss ihn vor meinen Augen, mit Blut auf der Kleidung hielt ich ihn in meinen Armen und musste mitansehen, wie er starb.

Verzweifelt versuche ich die grausamen Bilder aus dem Kopf zu bekommen, doch es hilft nichts, ich muss wohl oder übel aufstehen.

Angewidert ziehe ich mein Shirt und meine Hose aus, alles klebt regelrecht an mir, sogar meine Haare an meinem Hinterkopf. Ich schnappe mir frische Unterwäsche, eine Stoff Hotpants und ein schwarzes bauchfreies Top. Sachen, die ich nie draußen tragen würde, aber fürs Schlafen reicht es.

Bevor ich noch das Zimmer verlasse, öffne ich das Fenster. Draußen ist es zwar kalt, aber in dem Raum herrschen unglaubliche Temperaturen. Zudem hoffe ich das die leichte Nässe aus meinem Bettzeug verfliegen würde.

Halbnackt verlasse ich mein Zimmer und stehe mitten im Flur, als sich plötzlich ein Schlüssel im Schloss umgedreht. Bevor ich mich noch in eine dunkle Ecke oder mein Zimmer zurück verziehen kann, wird das große Licht eingeschaltet.

Da ich sowohl im Dunklen aufgestanden war als auch danach kein Licht angemacht habe, muss ich bei dem hellen Flutlicht als erstes die Augen schmerzhaft zuckend schließen. Anstatt mich zu bedecken. Also stehe ich hier, nur in Unterwäsche, halbnackt, vor Jake. Fuck!

Kapitel 16

Kopfzerbrechen und nackte Haut

Jake Leen

Die Liebe hemmet nichts;
sie kennt noch Tür und Riegel
und dringt durch alles sich;
sie ist ohn Anbeginn,
schlug ewig ihre Flügel
und schlägt sie ewiglich ~ Mathias Claudius

Ich sitze in der Bahn auf dem Weg heim, Musik im Ohr, Kopf aus. Ich bin müde, denn ich hatte jede Nacht wach gelegen, gegrübelt und mir den Kopf zerbrochen. Tiefe dunkle Schluchten ziehen sich unter meinen Augen entlang, ein Gähnen erstreckt sich vom Mund aus über mein halbes Gesicht.

Mom geht es Recht gut, kein Schock oder so. Ehrlich gesagt kann man das nicht einmal Unfall nennen, es war ein kleiner Auffahrunfall gewesen. Etwas stimmte nur nicht mit den Bremsen und auf rutschige Fahrbahn geriet plötzlich alles durcheinander.

Schuld trug zwar immer noch der Autofahrer der betrunken nicht registriere hatte, dass der Wagen meiner Mom viel zu nah war und dann nicht stark genug abbremsen konnte. Doch Schuld an den Verletzungen war sie selbst, was sie auch ein sah. Sie wusste, dass etwas mit den Bremsen nicht stimmte und trotzdem wollte sie nicht zur Werkstatt, zu teuer. Sie wird wohl nie ganz verstehen, dass wir genügend Geld haben, um gleich zwei neue Autos zu kaufen.

Die paar Tage, die ich bei ihr war, waren einerseits schön, da ich Caro und natürlich Mom wiedersehen konnte. Andererseits waren sie die Hölle auf Erden, Mom war nur am Meckern, Caro war nie richtig da und Claudia war immer damit beschäftigt, unserer Königen Mutter alles zu bringen. Zudem machte mich, auch wenn ich es vor Caro nie zugeben würde, die ganze Sache mit Lilly noch zu schaffen.

Die zwei, drei Nachrichten, die sich um ihren Einzug drehten, wurden zu Tode interpretiert und analysiert, dabei waren es nur Worte. Ihr Profilbild wurde Hunderte Male sorgsam angeklickt, man wollte ja nicht wieder aus Versehen auf das Anrufsymbol kommen.

Sie ist 24/7 in meinem Kopf und während ich diesen am liebsten auf den Mond geschossen hätte, musste ich doch lächeln bei den kleinen, kurzen Nachrichten.

Sie zieht ein! Sie zieht wirklich ein! Dieser Gedanke war ebenso freudig wie beängstigend. Es ist als würden ein Engelchen auf der einen und ein Teufelchen auf der anderen Schulter sitzen und sich streiten

Eine Seite freute sich immer, dass ich bald jeden Tag mit Lilly verbringen darf, doch die andere erwähnte im gleichen Zug, dass sie nie einziehen würde, wenn sie mehr als freundschaftliche Gefühle hätte.

Und so bin ich hin und her gerissen und drehte nachts gerne Mal durch. Es wäre so schön gewesen, auch nur an allen Tagen gemeinsam den Mindest-Schlaf zu erreichen, doch in vier Tagen hatte ich gerade Mal fünf Stunden geschlafen. Es war zum Kopfzerbrechen, nicht nur, weil dieser, dank dem fehlenden Schlaf, ununterbrochen pochte.

Draußen schneie es, dicke, weiße Flocken schweben vom Himmel hinab und färbten alles weiß. Die Welt liegt wie unter einer Decke, kein Geräusch dringt mehr unter ihr hervor. Es war schön, wenn auch arschkalt.

Bald würde meine Station kommen und ich müsste aussteigen. Doch ich will nicht. Ich wünschte, ich könnte Tage lang hier drinsitzen, Hörbücher und Musik hören und den Flocken beim Fallen zusehen. Es entspannte mich und ich fühlte mich gut. Doch ich wusste, wenn ich den Zug verlassen würde, würde ich wieder in die kalte, komplizierte Welt raus müssen und darauf habe ich echt keinen Bock.

Wieso muss alles immer so kompliziert sein? Ich hatte die letzten Tage zwei Mal mit Caro über Lilly gesprochen und sie meinte, ich müsse ihr sagen, dass ich sie mag, denn das sieht man mir an und das könnte sie verscheuchen.

Ich will es ihr aber nicht sagen. Ich will niemandem meine Gefühle offenbaren, nicht einmal Lilly. Obwohl, sie hatte es ja auch getan. Sogar noch mehr, sie hat mir ihre Geschichte erzählt. Es ist zum Kopfzerbrechen. Meine Station wird angezeigt und nach kurzer Zeit fahren wir in den Bahnhof ein. Mittlerweile ist es circa um die zwölf und ich will nur noch heim.

Ein kalter, erbarmungsloser Wind scheint von überallher gleichzeitig zu wehen und reißt mir immer wieder die Kapuze vom Kopf. Eine dicke Schneeflocke landet auf meiner Unterlippe und schmilzt dort langsam.

Müde und durch gefroren komme ich irgendwann an meiner Wohnung an. Endlich Zuhause!

Doch dann finde ich den Schlüssel erst mal nicht. Genervt schnaube ich über meine eigene Dummheit und beginne alle meine Taschen zu durchsuchen.

Bald finde ich den Schlüssel auch, doch nun geling es mir nur schwer, mit durchgefrorenen Fingern das Schlüsselloch zu treffen. Irgendwie schaffe ich es und stehe nach einigen Minuten im Treppenhaus. Ich schüttele den Schnee von mir und klopfe kurz meine Jacke ab. Dann stapfe ich die Treppen nach oben.

Erst jetzt wird mir bewusst, wie viele Stufen wir eigentlich haben. Immer verzweifelter hechle ich schwitzend unter meiner Jacke die Treppe hoch. Endlich da! Wieder kämpfe ich kurz mit dem Schlüssel, um endlich die Tür aufzusperren.

In der Wohnung ist es dunkel, natürlich schläft Lilly schon. Also suche ich so leise wie möglich den dimmbaren Schalter für das Licht, damit ich es mir ganz schwach einstellen kann. Ich habe ja nicht vor, Lilly aufzuwecken. Leider oder auch, wie nicht anders erwartet drücke ich aber daneben und erwische den Flutlichtschalter.

Innerhalb weniger Sekunden wird der ganze Raum in helles Licht getaucht und ich erblicke Lilly. Nur in Unterwäsche vor mir. Wir beide sind vor Schock erstarrt, nur langsam heben sich ihre Hände, um sich zu verdecken.

Als ich nach einigen viel zu langen Momenten realisierte, was hier gerade passiert ist. Schaffte ich es, das Licht auszuschalten. Ich hörte schnelle Schritte und dann eine Tür, die ins Schloss fällt. Ich drehte langsam den Schalter auf und das Zimmer war nun zwar erhellt, doch nur leicht, sodass ich mich zu Recht finden kann.

Paralysiert Schleife ich mich in mein Zimmer und beginne mich auszuziehen. Schnell schlüpfe ich in frische Klamotten, immer noch unfähig zu denken oder zu fühlen. Ich höre, wie sich eine Tür öffnet und kurz danach eine andere wieder schlisst, um genau zu sein die Badezimmer Tür, da diese, wenn man den Schlüssel dreht, immer ein wenig quietscht.

Nach und nach kommt mein Gehirn auf die Umgebung klar, nimmt alles wieder normal wahr. Verdammt! Was ist passiert? Wieso ist das passiert? Als mir klar wird, dass nicht nur mein Kopf eine Reaktion auf Lillys Körper gezeigt hatte, sondern auch mein Körper, beginne ich mich zu schämen.

Schuldgefühle und Scham färben mein Gesicht rot und ich will noch mit Lilly sprechen und das klären. Sie darf so nicht schlafen gehen, so erschreckt oder auch beschämt. Ich hoffe nur mit dem Reden mache ich es jetzt nicht schlimmer.

Kapitel 17

Manchmal müssen es doch Taten sein

Jake Leen

Die Rose, die Lilie

die Taube, die Sonne,

die liebt ich einst alle in Liebeswonne.

die Kleine, die Feine, die Reine, die Eine;

sie selber, aller Liebe Bronne,

ist Rose und Lilie und Taube und Sonne.

~ Heinrich Heine

Ich stehe vor ihrer Tür, oder doch eher meiner? Mitten in der Nacht stehe ich hier und traue mich nicht zu klopfen, wegen simpler Geräusche. Wegen den Geräuschen von Schluchzen und Weinen.

Sie hatte geduscht, das leise Rauschen von Wasser hing immer noch in meinen Ohren. Danach war sie wieder in ihr Zimmer geschlichen, so leise, dass ich ihre Schritte kaum hören konnte. Doch seit sie in ihrem Zimmer war, höre ich deutlich ein leises Schluchzen.

Ich habe sie nie verletzten wollen und ehrlich gesagt wusste ich nicht Mal, wie ich es getan hatte. Doch ich weiß, ich will sie nicht weinen hören, will nicht wissen, dass sie verletzt ist. Aber ich weiß es, ich vermute, dass sie vielleicht die ganze Nacht weinen wird.

Mir bleiben zwei Optionen klopfen oder gehen. Entweder ich klopfe, rede und versuche, alles zu klären oder ich werde weglaufen wie ein kleiner Junge, der Angst vor Konsequenzen hat, weil er etwas aus Versehen kaputtgemacht hat. Ich will nicht dieser kleine Junge sein. Ich will nicht wegrennen und verdammte scheiße, ich will nicht, dass Lilly, meine Lilly, weint!

Langsam hebe ich meine Hand und klopfe an die dunkle Tür. Das Weinen in dem Raum erstickt und man hört Schritte. Man hört wie eine Hand sich langsam um die Klinke legt, dann ein leises „Fuck". Die Tür wird geöffnet und Lilly steht vor mir.

Jedes Wort, das ich vielleicht nutzen hätte können, war wie aus meinem Kopf geblasen. Also tat ich das Einzige, das mir in dieser Paniksituation in den Kopf schießt und lege vorsichtig, als könnte ich sie zerbrechen, meine Arme um Lilly.

Denn ich habe das Gefühl, das jedes Wort, sei es noch so schön, nichts geradebiegen kann. Manchmal können Taten, egal wie simpel sie auch sind, mehr bewirken als Worte.

So stehen wie hier, Arm in Arm. Lilly beginnt wieder zu weinen und ich drücke sie noch fester an mich. Verzweifelt flüstere ich ihr zu, sie solle doch bitte aufhören zu weinen. Ich möchte nicht das sie weint.

Plötzlich stockt ihr Atem, ihr ganzer Körper verkrampft sich, ihre Hände wandern Richtung Herzen. „Lilly?

Lilly!" Verdammt, sie bekommt keine Luft mehr! Ich hebe sie hoch und lege sie in ihr Bett, um im selben Augenblick einen Krankenwagen zu rufen.

„Bitte Lilly, egal was du hast, halte durch.", flüstre ich ihr immer wieder zu. Leise Tränen wandern meine Wangen hinunter. „Bitte Lilly", flüstere ich ein letztes Mal, bevor ich runter laufe, um den Sanitätern die Tür zu öffnen, als das Martinshorn ertönt.

Es fühlt sich nicht gut an Lilly alleine zu lassen, doch wenn ich die Tür nicht öffne, würde die Hilfe vielleicht zu spät kommen. Ich habe Angst. Riesige Angst. Angst das Lilly bald nicht mehr hier ist.

Verzweifelt, immer noch weinend, Versuche ich diesen Gedanken aus meinem Kopf zu bekommen. Adrenalin schießt durch meine Adern und die Angst bringt mein Blut zum Kochen.

Mir ist warm und kalt gleichzeitig. Ich beginne zu zittern, doch meine Haut glüht. Ich weiß nicht mehr, was geschieht. Alles dreht sich und trotzdem läuft alles so unglaublich langsam.

Wieso? Wieso musste das passierten? Verdammt! Ich wusste ja nicht Mal, was wirklich passiert ist. Ich glaube, ich drehe durch, also so richtig. Doch ich bin mir bewusst, dass Lilly mich jetzt braucht, dass sie jemanden braucht, der auf sie aufpasst.

Wie in Trance verfolge ich die Arbeit der Sanitäter, sie reden auf mich ein, doch ich bin in meiner eigenen Gedankenwelt gefangen. Wird alles wieder gut? Was hat sie? Warum hat sie nie etwas gesagt? Verdammte scheiße!

Ich renne in ihr Zimmer, versuchte irgendwie Klamotten zusammen zu raufen, als ich eine Sporttasche finde, voll mit Klamotten, auf denen ein Zettel liegt.

Fürs Krankenhaus, falls mir etwas passiert ist, sag den Sanitäter, das Problem ist nicht die Lunge, es liegt am Herzen.

Mehr steht da nicht. Herz. Lilly hat Herzprobleme. Sie wusste, dass so etwas passieren könnte. Schnell renne ich den Sanitäter hinterher. Ich durfte nicht mit im Krankenwagen fahren, deshalb wollte ich mithilfe der U-Bahn nachkommen. Doch die Info müssen sie noch erhalten.

Der Wagen ist schon losgefahren doch bisher nicht weit gekommen. „Wartet! Verdammt warten sie! Es ist wichtig! Das Herz! Es ist das Herz!", brülle ich mir die Seele aus dem Leib. „Was?", wird zurückgerufen, da ich noch einige Meter entfernt bin.

Dass die Nachbarn mittlerweile wahrscheinlich alles mitbekommen haben, ist mir scheiße egal. Immer noch renne ich auf den Krankenwagen zu: „Es ist das Herz! Sie hat Herzprobleme, es ist nicht die Lunge! „Woher weißt du das", „Sie hat es aufgeschrieben", sage ich und drücke einem der beiden den Zettel in die Hand.

Sie nicken dankend und fahren dann mit Martinshorn weg. Ich stehe da, ohne Jacke, ohne Schuhe und begreife erst jetzt, wie scheiße kalt es war. Beinahe so schnell, wie ich nach unten gelaufen bin, laufe ich auch wieder nach oben. Auf dem Weg treffe ich eine in Bademantel gehüllte und sichtlich besorgte Frau Gerber.

„Was ist denn mit ihrer Freundin?", frage sie. „Sie hat Herzprobleme und wahrscheinlich gerade einen Herzanfall.", flüstere ich. Ich war kraftlos, so kraftlos, dass es mir vollkommen entgeht, dass diese Info, für eine so fremde Person, wie Frau Gerber sie für Lilly war, vielleicht zu privat ist.

„Wollen sie ins Krankenhaus, Jake?" „Ja ich werde sobald ich etwas mehr anhabe mit der U-Bahn hinfahren." Frau Gerber mustert mich kurz und sagte dann: „Dann machen sie sich Mal fertig und bitte klopfen sie kurz bevor sie gehen, ich möchte ihnen noch etwas mitgeben."

Nachdem ich wieder in meiner Wohnung bin, ziehe ich mich an und packe zu Lillys Tasche noch eine Jacke und eine Jogginghose. Scheinbar war diese Tasche eher für den Sommer gedacht. Vielleicht hatte sie gedacht, dass sie sie nicht mehr braucht.

Wie gebeten klopfe ich kurz vor zwei Uhr nachts noch mal bei Frau Gerber. Schnell machte sie die Tür auf und drückte mir eine Thermoskanne und einen Schlüsselbund in die Hand. „Mein Autoschlüssel, damit kommen sie schneller an und in der Thermoskanne ist Kaffee. Viel Glück und gute Besserung an ihre Freundin."

Benommen von dieser unglaublichen Güte und Freundlichkeit, sitze ich schon bald im Auto und bin auf dem Weg ins Krankenhaus. Verzweifelt versuche ich jeden Gedanken an Lilly zu vermeiden, aus Angst sie nur bei dem Gedanken daran, sie zu verlieren, zu töten.

Schon bald komme ich im Krankenhaus an und werde, ohne lange zu warten weitergeschickt. Ich hetze durch die Gänge, in der Hoffnung, einen Arzt zu finden, der mir irgendetwas sagt. Und ich finde einen der mir, mitfühlend und trotzdem gehetzt, in die Augen schaut und sagt ...

Kapitel 18

Das Problem mit dem großen Herz

Jake Leen

Wer je gelebt in Liebesarmen,

der kann im Leben nie verarmen;

und müßt' er sterben fern, allein,

er fühlte noch die sel'ge Stunde,

wo er gelebt an ihrem Munde,

und noch im Tode ist sie sein.

~ Theodor Storm

„Frau Drew ist wieder stabil, doch sie hatte erneut einen starken Herzanfall." Erneut? Erneut! Verdammt wie oft war das schon passiert? Wieso hatte sie nichts gesagt? Wieso? „Ich muss ihnen leider mitteilen, dass Frau Drew noch einige Tage hierbleiben muss, doch sie wird gerade von der Intensivstation verlegt. Sie können sie besuchen."

„Dankeschön", sage ich und gehe zurück zum Schwesternzimmer. Wenn jemand weiß wo irgendwer, irgendwann hinkommt, dann sie. Wie erwartet wussten sie, dass ich noch einige Minuten warten musste, um dann in das Zimmer 206 gehen zu dürfen.

Jetzt stehe ich vor der Tür und fühle mich wie heute Nacht, als ich mich nicht traute, an Lillys Tür zu klopfen.

Doch schließlich klopfe ich und trete herein. Lilly liegt in einem weißen Bett, bekleidet in einem weißen Stück Stoff. Ihr Augen sind geschlossen, fast wirkt sie friedlich.

„Hey", flüstre ich. Ihr Augen öffnen sich, erst jetzt registrierte ich, wie erschöpft sie aussieht. „Hey", krächzt sie müde. „Lilly, ich will dich nicht unter Druck setzten, aber ich hatte heute Nacht den schlimmsten Moment meines Lebens, du hättest mich warnen müssen."

Verzweifelt sieht sie mich an, ihre Augen werden wässrig, doch sie beginnt nicht zu weinen. „Jake es ist so..."

Flashback:
Ich weiß nicht, was los ist, seit Tagen bin ich so schnell erschöpft, mein Herz rast. Doch ich mache weiter, ich muss dieses Konzert schaffen. Ich war mit meinen 16 Jahren die Jüngste und das erfüllte mich mit Stolz. Doch die Proben waren hart, egal wie sehr ich auch übte, ich schien nie mitzukommen. Ich war auf dem Weg zu einer weiteren Probe und wieder raste mein Herz. Es ist sicher nur der Stress!

Bald saß ich wieder, doch mein Herz hörte nicht auf wie wild zu schlagen. Ich legte den Bogen an und merkte, dass ich zittere. Mit jeder Sekunde verschlimmert sich mein Zustand. Plötzlich bekomme ich keine Luft mehr, doch niemand registrierte, was passierte, alle waren vollständig in der Musik versunken.

Ich bekam schreckliche Angst, meine Hände schwitzten und alles um mich herum verändertes sich. Die Geräusche um mich herum klangen wie in Watte eingepackt und meine Sicht wurde zunehmend schlechter. Alles wurde unscharf und begann dann zu tanzen.

Ich merkte noch, wie ich langsam vom Stuhl sackte, mein Bogen noch nicht über die Seiten gestrichen hatte. Kurz nachdem dieser mir aus den Händen fällt, rutsche ich seitlich vom Stuhl. Mir wurde schwarz vor Augen.

Als ich wieder erwachte, lag ich im Krankenhaus. Mein Arzt erklärte mir, dass ich ein zu großes Herz habe, weshalb meine Herzmuskeln nicht so stark ausgeprägt waren wie bei anderen. Bei dieser Nachricht wurde mir mulmig zu Mute, wie wahrscheinlich war es in so jungen Jahren schon so krank zu sein? Ich hatte Angst. Er erklärte weiter, dass es normalerweise mein Leben nicht beeinflussen würde, es sei denn, ich wäre um die 70 Jahre alt oder hätte viel Stress.

„...Es war mein erster Herzanfall, aber leider nicht mein letzter.", sagte sie müde. Man sah ihr an das sie geschafft war, wie so oft nach einem Anfall, erklärte sie mir. Sie schließt ihre Augen und ihr Gesichtsausdruck wurde weicher.

„Lilly...", ich wiederhole immer wieder ihren Namen. Lilly. Wie ein Mantra das sie am Leben hielt. Meine Sorge um sie war unbeschreiblich.

„Lilly, ich mache mir solche Sorgen um dich. Ich kenne dich erst seit kurzer Zeit, doch ich brauche dich, du bedeutest mir so viel. Aber das würde ich dir nie sagen! Nur jetzt, wo du schläfst. Mich nicht hörst. Verdammt bin ich ein Feigling. Aber bitte, auch wenn du das nicht hörst, bleib bei mir.

Kapitel 19

Vorsichtige Schritte zur Besserung

Lilly Drew

Wer je gelebt in Liebesarmen,

der kann im Leben nie verarmen;

und müßt' er sterben fern, allein,

er fühlte noch die sel'ge Stunde,

wo er gelebt an ihrem Munde,

und noch im Tode ist sie sein.

~ Christian Morgenstern

Ich höre, wie ein Stuhl geschoben wird und wie Jake leise den Raum verlässt. Ich öffne immer noch nicht die Augen, doch während er dachte, ich würde schon schlafen, bin ich hellwach, nur leider bin ich nicht fähig, meine Augen zu öffnen.

Ich würde gerne schlafen, doch habe keine Kraft, das Licht auszuschalten oder gar mich zu bewegen. Zudem bin ich immer noch an den Tropf gekettet. Zu gerne würde ich mich wie sonst, wie ein Kätzchen zusammen Rollen und Schafen. Doch so geht das nicht.

Ich warte noch eine Stunde, bis endlich eine Schwester in mein Zimmer kommt. Mühsam öffne ich meine Augen. „Entschuldigen Sie, könnten Sie vielleicht mich vom Tropf abhängen und das Licht ausschalten?", bete ich sie, so freundlich wie ich konnte, nur zu gut wusste ich aus eigener Erfahrung das es im Krankenhaus oft hart zuging und nicht jeder schaffte dabei immer so nett und respektvoll zu sein, wie es sich eigentlich auf der Arbeit gehörte.

Doch sie nickt verständnisvoll und geht an ihre Arbeit. „Der junge Mann, der vorhin hier gewesen ist, sitzt übrigens draußen und wartet darauf, dass sie aufwachen. Soll ich ihn herein beten oder soll er lieber heimgehen?"

Jake war hier? Und das nur weil er dachte ich schlafe. Dabei war ich einfach zu schwach, er hätte längst daheim sein können, doch er ist hier. „Ähm, bitte schicken Sie ihn heim. Wenn er möchte, kann er gerne morgen wiederkommen.", ich fühle mich schlecht dafür das ich ihn einfach so heimschicke, ohne selbst mich zu verabschieden, doch meine Kraft reichte gerade kaum aus, um meine Augen offen zu halten.

Versunken in meine Gedanken sehe ich der Schwester bei ihrer Arbeit zu. Dann verabschiedet sie sich und geht. Ich bin wieder alleine. Viel zu allein, fällt mir auf und ich wünsche, ich hätte Jake gerade nicht heimgeschickt. Erschöpft und mit einem Gefühl der Leere rolle ich mich ein.

*****

Am nächsten Morgen kann ich meine Augen kaum öffnen, erst als ich ein Geräusch neben mir wahrnehme, zwinge ich mich dazu aufzuschauen. Jake sitzt mit einer

Tüte und zwei Kaffee vom Bäcker neben meinem Bett. „Hey Kätzchen. Ich habe dir Kaffee und ein Schokobrötchen mitgebracht."

Spaßeshalber lecke ich über meine Lippen und mache ein übertriebenes: „Mmmmmm". Als nur eine Sekunde danach mein Magen knurrt reicht er mir die Tüte und den Kaffee. Hastig nahm ich einen Schluck, um mich gleich darauf zu verbrennen.

„Bah! Jake! Warum hast du mich nicht gewarnt?" „Woher hätte ich wissen sollen das du versuchst den Kaffee zu Exen?", lachte er auf und das erste Mal seit einer Ewigkeit sehe ich sein süßes Lächeln. „Idiot!", schimpfe ich spaßeshalber und beiße genießerisch in mein Schokobrötchen.

Innerhalb weniger Minuten waren das Brötchen und der Kaffee vollständig vernichtet. „Wow! Wenn ich gewusst hätte, dass du so reinhaust, hätte ich dir mehr mitgebracht. Aber zum Glück bringen sie ja bald auch das Frühstück." Wir lachen und zum ersten Mal seit Jake fort gegangen ist fühle ich mich gut.

Plötzlich klopft es an meiner Tür und ein Arzt stürmt hektisch, ohne zu fragen, in den Raum herein. „Frau Drew, wie geht es Ihnen heute?", begrüßt er mich mit der bekannten Floskel.

Jeder Arzt war auf seine Art doch gleich. Zum Kotzen! Jake war richtig erschrocken, doch ich war ganz ruhig, so waren Ärzte einfach, sie hatten nie die Zeit, sich bei den Patienten Zeit zu lassen. Nach einigen Untersuchungen, bei denen Jake draußen bleiben musste, wird mir endlich mitgeteilt, dass ich morgen, wenn sich mein Zustand nicht verschlechtert, nach Hause darf.

Jetzt darf auch Jake endlich wieder rein. Er stellt sich als Mitbewohner vor und versprach dem Arzt gut auf mich aufzupassen. Zum Glück hatte der Spuk hier bald ein Ende.

*****

Anders als versprochen lag ich noch eine Woche im Krankenhaus, meine Herzwerte hatten sich wieder verschlechtert. Doch jetzt darf ich heim. Ich bin kaputt von dieser Krankenhausmonotonie, dabei ist immer etwas los.

Ständig wirst du untersucht oder eine Krankenschwester kommt herein. Wagt man auch nur einen Schritt raus, war es irgendwie hektisch und gleichzeitig so unfassbar still. Es ist schwer in Worte zu fassen.

Obwohl Jake jeden Tag da war, fühlte ich mich schrecklich alleine. Doch dank ihm bin ich wenigstens dem schrecklichen Krankenhausfutter entkommen. Morgens brachte er mir immer einen Kaffee, bis der Arzt meinte, es sei für mein Herz derzeit nicht förderlich und ich solle doch bitte den Konsum bis zum Ende des Monats unterlassen.

Also brachte Jake mir Tee und etwas zum Beißen. Mal süß Mal salzig, von Kuchen bis Sandwich war alles dabei. Mittags brachte er mir oft das Mittagessen mit. Einmal brachte er mir leckeres Curry mit und einmal gab es Spaghetti. Sogar warm brachte er sie mir mit, wie auch immer er das schaffte.

Frau Gerber hatte ihm das Auto geliehen, bis ich wieder aus dem Krankenhaus sei. Sie meinte, es sei nicht vertretbar, ihn mit der Bahn fahren zu lassen. Sie ist wirklich eine liebe Frau und wenn ich bald daheim bin, werde ich ihr ein Geschenk bringen. Wir waren auf dem Weg heim. Jake sitzt neben mir und fährt. Es herrscht Stille. Jeden Tag hatten wir geredet, zwischen uns gab es keinerlei Probleme.

Doch das eine Thema wurde stehts weggelassen. Wir reden über meine Krankheit, meine Eltern, das Studium und auch über unsere Wohnung, aber nie über den Abend, an dem ich den Anfall hatte. Die Stunde bevor es passierte und auch nicht über die Tage zuvor. Es war, als hätten sie nie existiert.

Doch das tun sie und sie schmerzen. Der Gedanke, dass Jake und ich für ein Paar gehalten wurden, dass es immer wieder hieß: „Frau Drew ihr Freund ist ja.", schmerzt schrecklich in meinem Herzen.

Er war in meinem Kopf. Tag für Tag oder besser gesagt Nacht für Nacht. Jede Nacht, kurz nachdem er ging und ich alleine war, weinte ich. Ich weinte darüber, dass ich mein Herz verschenkt habe, an den Falschen. Schon wieder.

Vielleicht sollte ich ihn einfach darauf ansprechen? Fragen wer Caro ist. Vielleicht sollte ich es aber auch bleiben lassen und damit ein Drama vermeiden. Ich sollte dringend Hanne anrufen, wenn ich daheim bin. Sie soll rüberkommen und mir mit Rat beiseitestehen.

Sie ist die Einzige, die ich noch eine Freundin nennen kann, klar ist da noch Nina, aber sie ist mehr Hannes als meine Freundin. Doch ich muss sagen, ich vermisse die Zeit mit Linchen. Ein paar, und doch zu viele, Kilometer weit weg wohnte meine beste Freundin. Wohnte, nicht weil sie weggezogen ist, sondern wohnte, weil wir keine Freunde mehr waren. Es geschah vor zwei Jahren.

Flashback:
Ich klopfe an der Tür, in der einen Hand einen schweren Koffer, in der anderen einen herzförmigen Luftballon auf welchem „Sweety", zu lesen ist.

Quietschend und schreiend öffnet sie die Tür und wir fallen uns um den Hals. Hätte ich den Ballon nicht an meinem Handgelenk festgebunden, wäre er jetzt sicherlich weggeflogen. Atemlos und jetzt schon vom ganzen Springen und Schreien erschöpft, lässt sie mich endlich ins Haus hinein.

Wir waren die besten Freundinnen, schon seit ich denken kann, war sie an meiner Seite, doch bin ich auf eine andere Schule gegangen als sie, was uns jedoch nicht davon abhielt, stetig den Kontakt zu halten. Ich erinnere mich sogar noch an den Tag, an dem sie und Tom zusammengekommen sind, es war mein Geburtstag.

An dem Abend musste sie arbeiten, doch Tom war daheim. Also schauten wir zusammen einen Film. „Hey Lilly. Wie geht's dir?", Tom und ich standen uns schon nah, seit Linchen und er zusammen sind.

Plötzlich liegen seine Lippen auf meinen und ich bleibe vor Schock starr. Wie konnte er das seiner Freundin und vor allem mir antun? Ich schubse ihn von mir weg. „Du Arschloch! Wie kannst du nur?", brülle ich ihn mit geballten Fäusten an. „Ich liebe dich, nicht sie!"

So brüllten wir uns die halbe Nacht an, bis seine Freundin zurückkam. Ich erzählte ihr, was passierte, doch Tom belog sie nach Strich und Faden. Nach Stunden weiteren Geschreis und unzähligen Tränen sagte sie, dass sie mich nie wiedersehen will. Daraufhin setzte sie mich mitten in der Nacht auf die Straße. Einfach so.

Seitdem habe ich sie nie wiedergesehen. Ich kann nicht Mal sagen, was ich fühle, wenn ich an sie denke. Wut? Trauer? Entsetzten? Vielleicht auch einfach gar nichts mehr. Ich hatte meine beste Freundin verloren, wegen einer Lüge. Wegen einem Vorfall, den es so nie gab. Ja, da war Wut. Wut auf Tom. Aber auch eine Art Unverständnis für Linchen.

Sie war so naiv zu denken, ihre beste Freundin belügt sie. Sie glaubte lieber ihrem Freund. Und das schmerzt. Es brennt in meinem Herz, in meiner Lunge und in meinem Rachen.

Wie Feuer, das sich vom Herzen ausbreitet und dabei alles verschlingt, was sich auf seinem Weg befindet. Dieser Schmerz, der sich mit all der Trauer und Wut zu einer dunklen Masse vermischt und wie Gift für deine Wünsche und Träume ist.

Diese Sekunden, bevor er mich küsste, waren der Anfang einer Reihe von Ereignissen die mich prägte. Bevor ich meinen dämlichen Ex verlassen hatte, war noch alles gut, doch dann passierte alles auf einmal. Meine Welt brach in sich zusammen. Immer wieder. Und jedes Mal noch ein Stück heftiger.

Zuerst die Geschichte mit Levi, die mich aus meinem Konzept brachte. Daraufhin meine Eltern, die mich verstießen. Ich verlor beinahe meinen Studienplatz aufgrund der Gerüchte, ich hätte bei Levis krummen Sachen auch die Finger im Spiel gehabt.

Und dann die Sache mit Linchen. Also stand ich jetzt da, in einem Studienzimmer, dass ich mir mit einer weiteren Fremden teilte. Ohne Freund, ohne Freundin, ohne irgendeine Ahnung, wohin es nun, in meinem Leben gehen soll.

Doch das alles liegt nun zurück. Es war nicht allzu lang her, bevor ich Jake kennengelernt habe, passiert, es war eineinhalb Jahre her. Damals dachte ich nie wieder jemanden Vertrauen zu können. Doch damals, als er an der Theke saß. Ich weiß nicht, wie ich auf diese blöde Idee gekommen bin, ihm einfach meine Nummer in die Hand zu drücken. Ich kannte ihn ja nicht. Doch nun schau mich an. Sitze ich doch neben ihm, verliebt und verzweifelt. Doch immer noch an seiner Seite. Irgendwie beruhigt es mich. Vielleicht ist die Welt gar nicht so scheiße wie ich dachte.

Kapitel 20

Naivität und Nervosität

Jake Leen

Freudvoll und leidvoll,

gedankenvoll sein,

hangen und bangen

in schwebender Pein;

himmelhoch jauchzend,

zum Tode betrübt;

glücklich allein

ist die Seele, die liebt.

~ Johann Wolfgang von Goethe

Die dunklen Tage werden erhellt vom Licht der Hoffnung. Doch die Hoffnung wird nur bei Flamme gehalten von der Naivität. Würde diese nicht auf unserer Welt herrschen, so wäre jene noch viel dunkler, als sie es jetzt schon ist. Also frage ich: Ist es dumm, naiv zu denken?

Ist der Gedanke an eine heile Welt so dämlich? Der Wunsch, dass die Liebsten nicht verletzt sind, keine Probleme haben, von keiner Krankheit befallen sind?

Das alles fragte ich mich schon als meine Mutter krank wurde. Als sie drohte zu gehen. Nun frage ich mich bei Lilly all diese Fragen und ich kann sie immer noch nicht beantworten. Ich weiß, die Welt ist schlecht. Die Welt ist kein schöner Ort zum Leben. Das Böse herrscht und bringt seine Leiden, Schmerz und Kummer mit sich.

Lilly liegt in ihrem Bett und ich in meinem, wir haben noch kein Wort über das Geschehene geredet. Über die Minuten, bevor ich sie im Arm hielt. Kalt, leblos. Werde ich dieses Bild jemals wieder los?

Sie schläft so süß, das durfte ich im Krankenhaus beobachten. Die Augen geschlossen, sie in sich gerollt wie ein kleines Kätzchen. Sie sieht so friedlich aus, wenn sie schläft, als könnte kein Problem dieser Welt sie mehr aus der Fassung bringen.

Doch ich wusste nur zu gut, dass ihr Leben schon mehrere Male nicht nur aus der Bahn geraten war, sondern gleich mit voller Geschwindigkeit in den Gegenverkehr gerast ist.

Ich will sie nicht leiden sehen. Will nicht sehen, wenn sie sich wieder im Bett herumwälzt, wie in den meisten Morgen im Krankenhaus, sie versuchte, seit ich sie nass geschwitzt und schreiend aufwecken musste, wach zu sein, bevor ich kam, doch so oft sag ich, wie Albträume sie quälten. Nie wieder will ich Tränen in ihren Augen sehen. Ich will sie wieder lachen sehen, will sehen, wie ihre Augen strahlen. Das will ich.

Ich gucke auf die Uhr, seit wir Zuhause sind sieben Stunden vergangen, drei davon schläft Lilly schon.

Während ich noch wach bin und denke. Plötzlich vibriert mein Handy, Caro ist darauf zu lesen. Ich hebe ab.

„Hi?"

„Hey, was ist los?" Sie klingt schrecklich verweint, ihre Stimme ist dünn.

„Kann ich für ein paar Tage zu dir kommen?"

„Klar, aber erzähl Mal, was ist los?"

„Tom und ich haben gestritten. Er hat mir endlich erzählt das er damals meine beste Freundin geküsst hatte. Ich habe sie verstoßen, weil er mich belogen hat und gesagt hat das sie ihn geküsst hatte. Du weißt doch."

„Stimmt die Geschichte mit ... mit... wie hieß sie noch mal?"

„Ist egal! Darf ich einfach zu dir kommen? Ich habe mich getrennt und habe kein Zuhause mehr. Ich stehe Grad mit einem Koffer in deinem alten Zimmer. Ich schlafe diese Nacht bei deiner Mom."

„Natürlich darfst du kommen. Und jetzt leg dich hin und Versuch dich zu beruhigen. Es ist spät."

„Ich versuche es. Danke Jake. Bis morgen."

„Bis morgen Kleine."

Dann legt sie auf. Wieso ist alles so kompliziert? Wieso Tom? Wieso das alles jetzt? Wieso scheint die gesamte Welt auf einmal auseinanderbrechen zu müssen?

Ich lasse mich wütend schnaubend aufs Bett fallen. Mein Kopf dreht sich, alles verschwimmt und nur noch eine Kleinigkeit wird klar. Ich nahm ein leises Wimmer wie das eines Babys oder einer Katze wahr.

Ich stehe wieder auf und schleiche durch die vom Mond hell erleuchteten Gang. Rüber zu Lillys Tür, nun konnte man das Wimmern deutlich abgrenzen, es ähnelte einem leisen Weinen.

Ich verlor keine Zeit, wie so oft spielte sich die Szene von vor drei Wochen ab. Lilly in meinen Armen, kalt, mit stehenden Herzen. Ich versuchte durch Kopfschütteln all die Gedanken aus meinem Kopf zu bekommen. Dann betrat ich den Raum.

Während ich die Tür öffne, klopfe ich leise gegen den Rahmen und flüsterte ein leises: „Lilly". Im Halbdunklen sehe ich, wie ein Kopf aus einem Haufen aus Kissen hochgeht. „Oh, hi Jake." „Lilly, wieso weinst du? Geht es dir nicht gut? Du weißt, du kannst mir alles sagen.", erwähne ich vielleicht ein wenig zu fürsorglich.

„Ich bin nur in Gedanken, sorry das du dir Sorgen gemacht hast." „Sü... eh... Lilly, die mache ich mir doch immer." „Ich weiß.", selbst im halb dunklen Raum erkenne ich das sich ein Lächeln auf ihre Lippen geschlichen hat. „Du ich muss dir was sagen. Morgen wir eine alte Freundin von mir hierherkommen, sie wird einige Tage bei uns bleiben. Kommst du damit klar?"

Lilly wirklich abwesend, das Lächeln verschwand und ein starres Fake Lächeln erscheint stattdessen in ihrem Gesicht. „Ich habe ja wohl kaum eine Wahl. Aber darf ich dich jetzt Mal was fragen?" Erschrocken über ihren ernsten Ton nicke ich nur.

Es macht mich nervös, dass sie nichts sagte. Man sieht ihr an das sie die richtige Formulierung für ihre Frage suchte. Vielleicht fragt sie sich gerade selber, ob ihre Frage vielleicht keine gute Idee ist. Doch dann öffnet sie ihren Mund und sagt:

„Wieso hast du mich aufgenommen, wenn du doch so glücklich vergeben bist. Wieso hast du mich nie auf die Minuten vor dem Anfall angesprochen? Warum hast du nie erwähnt, warum du plötzlich nach einem beinahe Kuss abgehauen bist? Und warum hast du mich fast geküsst, wenn du doch eine Freundin hast?" Was? Also ich meine WAS? Wie kommt sie darauf? Wie ... also was ... also warum ... what? Ich bin vollkommen verwirrt, das waren zu viele Fragen zu viele Unwahrheiten, einfach viel zu viel. Plötzlich beginne ich zu lachen, laut, sehr laut. Ich pruste und verschlucke mich fast an meinem Lachen, unangebracht, wie es auch war, reagierte nun mal mein Körper so wie er es tat.

„Lilly, ich habe dich aufgenommen, weil du eine Wohnung brauchtest und weil ich dich verdammt gernhabe.", versuche ich nach und nach alle Fragen zu beantworten als ich mich von meinem Lachanfall erholt habe. „Ach das ist alles. Ich glaube kaum das deine

Freundin oder vielleicht sogar Verlobte weiß, dass ich hier wohne." „Wie zum Teufel kommst du darauf das ich eine Freundin habe?" Ich sehe, dass es in ihrem Kopf zum Rattern beginnt. „Du hast keine Freundin?" „Nein verdammt, habe ich nicht, Lilly!" „Verdammt bin ich blöd, vergiss alles, was ich gesagt habe, bitte."

„Nein, werde ich nicht. Weil ich mir Sorgen um dich mache. Ist das der Grund, warum du weinst? Weil du dachtest, dass du hier zu Unrecht wohnst?"

Sie sieht zerknirscht aus und antwortet auch nur mit einem einsilbigen „ja." Ich habe das starke Gefühl, dass ich irgendwas Großes verpasse, doch ich weiß nicht was. Benommen stürze ich aus Lillys Zimmer heraus, zurück in mein eigenes. Verdammt ich hasse mein Leben zurzeit.

Kapitel 21

Was sind Freunde

Jake Leen

Das ist der Liebe heil'ger Götterstrahl,

der in die Seele schlägt und trifft und zündet,

wenn sich Verwandtes zum Verwandten findet,

da ist kein Widerstand und keine Wahl,

es löst der Mensch nicht, was der Himmel bindet.

~ Friedrich von Schiller

Ich kann nicht mehr. Ich liege immer noch im Bett, Caro hat geschrieben, sie kommt erst in einer Woche, sie müsse noch etwas mit Zitat „Dem größten Idioten dieser Galaxie" klären, bevor sie ihn endlich los ist. Zudem geht es meiner Mom wieder schlechter, sie scheint sich eine Grippe eingefangen zu haben. Für uns junge Leute kein Problem, doch für eine ältere Frau wie sie eine ist, könnte eine Grippe doch Mal tödlich verlaufen. Trotzdem glaube ich, dass es ihr bald schon besser geht.

Zumindest ist ja jetzt Caro bei ihr und kümmert sich fleißig um ihre „Zieh-Mom". Also würde ich Caro frühestens in einer Woche sehen, vielleicht auch mehr, wie es nun mal meiner Mutter gehen wird.

Es ist mittlerweile Mittag und ich traue mich nicht aus meinem Zimmer, denn Lilly hat Besuch. Hanne. Ich weiß nicht, ob ich meinem Bauchgefühl glauben soll, doch es sagt mir etwas stimmt mit dieser Freundschaft nicht. Also stehe ich auf und schleiche zu Lillys Tür.

Ich versuche zu belauschen, was Hanne und Lilly reden. Ich weiß, es ist nicht die feine Art, doch an dieser Hanne stört mich etwas gewaltig. Ich kann nicht sagen was, doch ich habe eigentlich eine gute Menschenkenntnis und diese Hanne gehörte für mich eindeutig zu denen, die ich nicht bei Lilly in der Nähe wissen möchte. Schon seit ich ein Kind war, verspürte ich eine gewisse Schwere in meinem Bauch, wenn etwas nicht so war, wie es sein sollte oder ich sogar in Gefahr war.

Es fühlte sich an, als hätte ich einen Stein verschluckt und hörte ich nicht auf dieses Gefühl, kam ich immer in Schwierigkeiten oder bereute es zutiefst am Ende. Auch jetzt fühle ich dieses Gefühl und in den Jahren, die ich schon mit diesem Gefühl verbrachte, habe ich gelernt, auf dieses zu hören. Ich stehe beinahe schon an der Tür, ich müsse mich nun konzentrieren, damit ich mich nicht selbst noch in Schwierigkeiten bringe, nur um Lilly von jenen fernzuhalten.

Als ich ein Handy klingeln höre, springe ich schnell in Sicherheit, damit Hanne oder Lilly mich nicht sehen. Nur ein paar Sekunden später kommt Hanne aus der Tür. Gewissenhaft schließt sie diese und hält sich ihr Handy ans Ohr.

„Ja, ja. Ich weiß. Ich wäre jetzt auch lieber bei dir Baby, aber ich muss ja mal zu ihr, sonst schnallt sie, dass ich es herausgefunden habe." Sie verstummte, scheinbar redet die andere Person. „Ich weiß Baby.

Es war richtig sie rauszuwerfen." „Ja natürlich liebe ich nur dich. Aber Babe da klingelt jemand an ich muss da ran ist bestimmt meine Freundin." Sie legt auf, um jemanden anderen anzurufen. Ich wusste da ist was faul, auch wenn ich noch nicht ganz raffe, was, doch ich finde es heraus. Diese Hanne ist eine falsche Schlange.

Erneut beginnt sie zu sprechen. „Ja!", sie lacht: „Der Kerl kauft mir die Sugar Baby Masche sogar ab ohne dass ich mit dem alten Fettwanst ins Bett muss."

Angewidert schüttle ich entsetzt den Kopf. Irgendwas hier scheint grad ans Licht zu kommen, was wieder einmal unser ganzes Leben umwirft. „Du Nina, ich muss noch mal meinen Freund anrufen ... Haha ja!... Ne jetzt echt du weißt das ich den Chef beziehungsweise Ex-Chef von Lilly nie Freund nennen würde. Ich rufe Nick an." Eine Zeit lang sagt sie nichts dann verabschiedet sie sich von Nina und ruft eine weitere Person an, wahrscheinlich diesen Nick.

„Hey Babe... Ja, ich bin bald daheim ... klar kann ich was mitbringen... Ich wollte sagen, dass du mich nicht abholen brauchst... Ja, Lilly hat gesagt, hier fährt eine U-Bahn ... Ja, bis später Bye." Sie legt auf und dreht sich um, um in Lillys Zimmer zurück zu verschwinden. Leise schließt sie die Tür hinter sich.

Schnell husche auch ich in mein Schlafzimmer zurück, niemand soll mich bemerken. Ich denke nach. Soll ich Lilly sagen, dass ihre einzige Freundin hinter ihrem Rücken an irgendwas schuld ist? Na ja, bisher weiß ich noch nicht genug, ich sollte noch mehr in Erfahrung bringen, bevor ich Lilly etwas erzählen sollte.

Doch jetzt ist die Frage, sollte ich es ihr auch erzählen? Der Arzt meint, sie darf sich nicht aufregen, das macht ihr armes Herz nicht mit. Panik steigt in mir auf und mit ihr die Übelkeit. Was, wenn sie zu sensibel ist? Was, wenn ich sie falsch einschätze? Ich könnte sie umbringen!

Ich fühle mich wie ein Spion. Wie ein ziemlich schlechter, um genau zu sein. Es wirkt, als hätte man mich, ohne zu fragen, in einen miesen Film gesteckt und ich habe bisher davon nichts mitbekommen.

Es war zum Verzweifeln. Konnte nicht einmal alles so laufen wie geplant? Dann wäre Lilly gesund und glücklich, es gäbe keine Probleme. Alles wäre einfach gut. Verdammt, wieso ist diese Welt so unfassbar scheiße?

Ich lehne mich zurück, genervt, kaputt, verzweifelt. Ich höre, wie Lilly sich im Nebenzimmer von Hanne verabschiedet und kurz danach hört man, wie die Tür sich schließt. Ich atme laut aus, für dieses Leben brauchte man Nerven aus Stahl.

Leise Tapser sind zu hören. Also schleicht Lilly mal wieder durch die Wohnung. Erstaunlicher Weise stoppen die Schritte vor meiner Tür, kurz danach klopft sie dagegen. „Herein?", es klingt mehr wie eine Frage als eine Antwort.

„Hey.", flüstert Lilly, während sie den Kopf durch den Türrahmen steckte. „Hey.", antworte ich genauso leise, dabei merke ich wie liebevoll meine Stimme klingt. Diese Gefühle zwischen uns sind unglaublich, doch ich weiß nicht, ob sie diese Elektrizität zwischen uns auch spürt. Die Stille, die zwischen uns liegt, ist jedoch keineswegs unangenehm, viel mehr entspannte sie. In der letzten Zeit war die Welt einfach zu schnell zu stressig geworden, diese Stille hingegen fühlt sich ein wenig nach Frieden an.

Sie setzt sich zu mir auf mein Bett. Ich liege hinter ihr und frage mich, ob ich mich einfach trauen soll und sie an mich ziehen darf. Die leise Stimme der Vernunft wird von dem lauten Kriegsgeschrei meines Verlangens unterdrückt und ich lege meinen Arm um die.

Es sieht sicher komisch aus, wie ich so meinen Arm verkrüppelt um sie lege, doch es fühlt sich so unfassbar richtig an. Sie sieht mich nicht an, ihr Blick war starr nach vorne gerichtet, doch ich spüre deutlich, dass auch sie diese Umarmung genießt. Meine Vernunft verabschiedet sich gerade vollständig und meine Wünsche und Träume krochen aus den dunkelsten Ecken. Doch ich beherrsche mich. Nur einen Wunsch wollte ich mir selbst nicht abschlagen. „Lilly?" „Ja?" „Willst du dich näher zu mir legen?"

Sie wirkt verwirrt. Vielleicht über meine Frage, vielleicht aber auch über ihre Reaktion auf diese. Ich spüre, wie eine feine Gänsehaut sich über ihren zarten Körper breit macht. Das Gefühl von Geborgenheit, dass sie mir gibt, flasht mich.

„Klar.", antwortet sie und reißt mich aus meinen Gedanken. Ich lasse sie los und sie dreht sich zu mir. Ihr Blick war nicht leer, doch ich konnte nicht sagen, was ich in ihm sehen konnte. Es war als sei sie in einer anderen Welt. Vielleicht kämpft sie gerade mit sich oder ihren Gedanken, ich wünschte ich könnte ihr helfen.

Kapitel 22

Bettgeflüster

Jake Leen

Wie's von funkelnden Farben glimmert und glüht!
Nur wir beide auf sammtenem Wiesengrunde, -
und ich küsse dir still den Lenz vom Munde,
der so rot auf deinen Lippen blüht.
~ Margarete Bruns

Es war wundervoll, wie sie sich zu mir dreht und sich neben mich legt. Es ist atemberaubend für mich, als sie dann auch noch ihren Kopf auf meine Brust legt. Ich lege einen Arm um sie und so liegen wir hier. In meinem Bett. Wie ein Paar. Mein Kopf dreht durch, aber das genieße ich irgendwie. Die Vorstellung, die er mir liefert, von einem Leben mit Lilly, drängt dieses Mal keine Tränen in meine Augen, sondern lässt mich strahlen. Wer weiß denn, was passiert? Vielleicht kann ich sie für mich gewinnen!

Diese aufkeimende Hoffnung, die wieder einmal von einer naiven Vorstellung geprägt ist, lässt mich wieder an meine Gedanken denken. An meine doch Recht depressive Einstellungen zum Leben. Vielleicht ist das alles hier nicht so schlecht. Ich lächle, endlich haben wir für eine Sekunde den Stress hinter uns. Mit Lilly in meinem Arm könnte ich alles Böse auf der Welt einfach vergessen. Doch leider schleicht sich wieder einmal die Sorge um sie in meinen frohen Gedankengang und trübt diesen.

Wie soll ich ihr nur sagen, dass Hanne Schuld trägt, an … an … an irgendwas. Verdammt ich weiß ja nicht Mal an was sie Schuld trägt. Ich kann ihr kaum etwas nachweisen. Nur ein Telefonat, in dem ich raus hören konnte, dass Lilly rausgeworfen wurde, aus irgendeinem Grund und dass Hanne ihrem Freund fremd geht. Mit wem? Keine Ahnung! Und was das mit Lilly zu tun hat, das wüsste ich auch gerne.

Ich war so in meine Gedanken vertieft, dass ich gar nicht merkte, dass Lilly neben mir einschlief. Erst als sie sich an mich kuschelt, weil ihr scheinbar etwas kalt wurde, bemerkte ich, dass wir immer noch im Bett liegen. Umständlich ziehe ich vorsichtig eine Decke heran. Ich wollte keine großen Bewegungen machen, welche meinen kleinen Engel aufwecken konnten.

Ich lache über den Kosenamen, den mein Hirn ihr so selbstverständlich gab. Also jetzt drehe ich wirklich durch. Ich möchte den Kopf schütteln, doch erinnere mich glücklicherweise früh genug daran, dass Lil immer noch in meinen Armen schläft.

Sanft decke ich sie endlich zu. Ich bemerke, dass auf ihren Lippen ein schönes, sanftes und unbeschwertes Lächeln liegt. Ich lächle auch, sie sieht so friedlich aus, so glücklich. In meinem Kopf bildet sich ein idiotischer

Plan, der trotzdem geradezu danach schreit, umgesetzt zu werden. Wieso schaltet sich mein Hirn in Gegenwart dieser Frau immer aus? Warum bestimmt dann nur noch mein Gefühl, was passiert? Warum handle ich instinktiv? Es ist zum Haareraufen. Und doch genieße ich es. Diesen Kontrollverlust.

Während ich noch grüble, was mit mir nicht stimmt, hat sich mein Instinkt eingeschaltet und macht etwas, dass selbst ich so nicht erwartet hätte. Sanft lege ich meine Lippen auf ihre Stirn. Ich hatte mal gelesen, dass Stirnküsse eine besondere Bedeutung für Frauen haben. Scheinbar vermitteln sie Geborgenheit und Vertrauen.

Auf der einen Seite fand ich es schade, dass Lilly diesen Kuss nicht mitbekam. Andererseits, wer weiß, wie sie reagiert hätte, würde sie ihn mitbekommen. Meine Unentschlossenheit war zum verrückt werden. Ich wünschte, ich könnte mehr als nur den vernünftigen Teil meines Hirns ausschalten. Es wäre schön, gar nicht mehr denken zu müssen und nur noch so zu handeln, wie es meine Gefühle bestimmen.

Ich wünschte, ich könnte mich einfach an Lilly kuscheln, so wie sie es macht. Einfach nicht nachdenken müssen. Es wäre so schön. Mein Kopf spielt mit dem Gedanken sie einfach zu küssen. Zu vergessen, dass sie noch nicht an meiner Seite war.

Noch? War mein Kopf wirklich der Meinung das Lil irgendwann zu mir gehört? Ich könnte schreien, so unfassbar perfekt scheiße läuft es. Lilly könnte gesund sein, ich könnte längst mit ihr zusammen sein, allen würde es gut gehen. Caro und Tom wären längst verheiratet, Mom wäre gesund, Hanne wäre nicht so, na ja so scheiße.

Sie schläft, Lilly schläft. Konnte ich es mir erlauben, ihre Lippen nur für eine Sekunde zu kosten? Oder würde ich auf ewig süchtig nach einer Droge sein, die mir vielleicht niemals zustehen wird? Ich habe Hunderte Male davon gelesen, von Küssen, die die Zeit stoppen. Ich habe mich so oft darüber lustig gemacht, denn wie soll ein simpler Kuss, das Aufeinanderprallen von Lippen, eine Kraft, so stark, dass es sie schon immer gab, beeinflussen. Doch jetzt spürte ich es, spüre wie Lilly meine Zeit beeinflusste, wie sie nur mit ihrer bloßen Existenz meine Einflüsse manipulierte.

Diese Millisekunde, die sich anfühlt wie eine Stunde. Der Weg, der nur wenige Zentimeter hat, beträgt plötzlich Kilometer. Der Raum zwischen uns fühlt sich an wie Sirup. Ich bewege mich langsam und doch bin ich überrascht, als meine Lippen plötzlich auf denen von Lilly liegen.

Und genau da spüre ich es, wie die Zeit stoppt. Wie alles um mich verschwimmt. Wie es plötzlich nur noch sie gibt. Sie und ihre Lippen. Erschrocken von mir selbst schrecke ich zurück. Doch auch jetzt öffnet Lilly nicht ihre Augen. Mich überkam die Angst. Hatte ich vielleicht vor lauter egoistischem Denken verpasst, dass

144

sie…? Nein, ich will gar nicht daran denken. Vorsichtig lege ich zwei Finger auf die Pulsader am Hals. Es schlägt noch, ihr großes, liebevolles Herz schlägt noch.

Erleichtert lasse ich mich zurück ins Bett sinken. Ich erwische mich dabei, wie ich meine Lippen berühre, immer wieder versuche dem Kuss nachzuspüren, welcher so eine enorme Wirkung auf mich hatte. Ich habe das Gefühl gleich loszukichern wie ein kleines Mädchen. Belustigt über mich selbst, schüttle ich den Kopf.

„Was schüttelst du so den Kopf?", fragt eine leise Stimme, welche ich Lilly zuordnen kann. „Nichts Besonderes", sage ich, man hört das Lächeln in meiner Stimme deutlich. Da wird mir bewusst, dass Lilly immer noch an mich gekuschelt hier liegt.

Dieses Mal jedoch wach und ein weiterer Impuls zuckt durch meinen Körper zu meinem Gesicht und lässt mein Lächeln erstrahlen.

Dieses Mädchen strahlt solche Ruhe aus, dass selbst mein hektisches Herz ruhig wird und sich an das sanfte Klopfen ihres Herzens anpasst, sodass bald schon beide Herzen in einem Rhythmus schlagen, an welches sich kein anderes anpassen kann. Wann wird unser Rhythmus, unser Beat, endlich zu einer Sinfonie anschwellen? Wann werden unsere Herzen endlich zusammen funktionieren? Als Paar. Doch ich weiß, irgendwann wird es passieren. Ich muss nur um sie kämpfen, denn nun weiß ich, ich möchte nie wieder ohne sie leben.

Kapitel 23

Viel Gerede und endlich kehrt der Alltag ein

Jake Leen

Zweifle an der Sonne Klarheit,
Zweifle an der Sterne Licht,
Zweifl', ob lügen kann die Wahrheit,
Nur an meiner Liebe nicht.
~ William Shakespeare

So vergingen einige Tage. Lilly kam immer mehr zu Kräften und ich konnte mich endlich wieder auf die Uni konzentrieren. Sogar Leon konnte ich nach den letzten Ereignissen wieder sehen.

Er versuchte mich immer wieder zu überreden mit ihm und Lil "saufen" zu gehen, doch ehrlich gesagt, war ich kein besonders toller Trinkpartner. Ich hasse Alkohol in jeder Form, nur bei besonderen Anlässen wie Geburtstagen, Weihnachten oder Silvester trank ich ein Gläschen Champagner oder Sekt.

Als der Arzt vor einer Woche dann meinte, Lilly sei nun wieder fit genug, um einen geregelten Tagesablauf zu meistern, begann auch sie wieder regelmäßig zur Uni zu gehen. Langsam schaukelte sich unser Leben also ein, doch ich frage mich, wie das Treffen zwischen Lil und Caro ablaufen wird.

Laut Caro hatte meine Mutter sich gut erholt und sie selbst würde nur noch eine Woche länger bleiben als nötig, da Mom's Haushälterin Claudia leider frei hatte und Mom sich nicht stark genug fühlt, den Haushalt alleine zu schmeißen. Doch bald würde sie zu mir kommen, ich wusste noch nicht Mal, wie lange sie bleiben möchte. Sie hat erzählt, dass sie sich für die Hochzeit drei Wochen freigenommen hatte. Diese drei Wochen beginnen allerdings in einer Woche.

Sie arbeitet zurzeit hart daran, das Geschehene zu verarbeiten und alles, was wegen der bevorstehenden Hochzeit zu regeln ist, abzusagen. Denn Tom weigert sich vehement ihr dabei zu helfen, was aber dann auch seine Schuld ist, so würde nämlich alles, was ausgegeben wurde, jedoch noch nicht umgesetzt worden war, in Form von Geld an Caro zurückfließen.

Immer noch scheint die ganze Geschichte sie fertigzumachen, doch sie würde das schaffen. Derzeit war sie im "Rache- Stadium", so nennen wir die vierte Stufe einer Trennung. Die erste Stufe ist das "Tränen-Stadium", die zweite Stufe ist das "Beleidigungs-Stadium", in diesem wird er Ex- Partner bis aufs übelste beschimpft und beleidigt.

Das dritte Stadium ist das des Selbsthasses, man nimmt die ganze Schuld der Trennung auf sich und sieht sich selbst als übel aller und als schlimmster Mensch auf der Welt. Im "Rache-Stadium" versucht die verletzten Personen alles, was dem Ex etwas bedeuten könnte zu ruinieren, das ist oft nicht möglich, weshalb kurz danach oft die fünfte Stufe kommt, Hass.

Im sechsten Stadium ändert sich die Lage dann noch mal, die verletzte Personen beruhigt sich und beginnt den Ex zu vergessen. Das ist die letzte Stufe. Caro und ich haben schon vor langer Zeit diese Stadien und Stufen aufgestellt. Jede von ihnen dauert individuell anders, doch meist genau in diesem Schema.

Aber zurück zum eigentlichen Thema: Caro rackert sich also gerade ab, die gemietete Halle wieder zu entmieten. Sorgt dafür, dass das Catering nicht kommt und auch nichts vorbereitet wird und dass der Pastor und auch die Heinis, die die Halle schmücken sollten, alle Bescheid bekommen, dass die Hochzeit geplatzt ist.

Viel Arbeit, vor allem wenn der Exverlobte einfach wieder anruft und Bescheid sagt, dass seine Frau einfach eins an der Klatsche hat und man sie nicht ernst nehmen dürfe. Doch selbst die, welchen er diese Geschichte auftischen konnte, rafften irgendwann, dass da etwas falsch läuft.

Die ganze Geschichte ist und bleibt noch eine Zeit lang ein riesiges Drama. Tom ist ein unglaubliches Arschloch und kommt jetzt nicht darauf klar, dass Caro nicht mehr will.

Ich glaube, dass er ihr noch lange Sorgen bereiten wird. Doch sie ist stark und so ein Idiot wird ihr doch kaum im Weg stehen können. Ich bin wirklich stolz auf meine Kleine, dass sie sich nicht noch mal von ihm einlullen lässt, sondern stark ist.

Ich freue mich schon, dass sie bald bei uns ist. Vorerst wird sie zwar im Wohnzimmer schlafen, aber vielleicht gebe ich ihr dann nach einer Woche mein Zimmer, falls sie doch länger bleiben würde.

Sogar Lilly freut sich schon auf Caro. Ich habe ihr in der letzten Zeit viel von Caros und meiner Jugend erzählt. Auch das ich sie Mal sehr mochte, war ein Thema. Lilly hingegen erzählte mir das sie der festen Überzeugung war das Caro meine Freundin ist, also meine feste Freundin.

Wir unterhielten uns viel in letzter Zeit und ich habe das Gefühl, sie immer weiter kennenzulernen. Auch wurde unser Körperkontakt, der sich vor dem Anfall nur auf kurze Umarmung bezog, intimer. Manchmal kuschelten wir dann doch auf der Couch, wenn wir einen Film schauten oder redeten. Niemand von uns traut sich jedoch, etwas zur neuen Lage zu sagen.

Es kommt einfach eine gewisse Routine in unser Leben. Morgens duschen wir nacheinander und Frühstücken dann gemeinsam. Dann geht's ab zur Uni. Je nach Tag arbeitete ich Nachmittag noch oder war beim Sport. Was sie machte, war meist Gesprächsthema beim gemeinsamen Abendessen.

Es war einfach schön, dieses Gefühl nachmittags oder abends heimzukommen und da ist jemand. Jemand, der mit dir redet und lacht, jemand, der mit dir isst, mit dir den Haushalt schmeißt.

Jemand, der mit dir putzt und kocht. Jemand der dich nach deinem Tag fragt und dir ihren neuen Lieblingswitz erzählt. Jemand, der einfach leben in die Bude und irgendwie auch leben in meine Leben gebracht hat. Es ist, als hätten wir eine kleine Familie. Routine und doch Spontanität, Planung und doch Chaos. Irgendwie verdammt richtig und kein bisschen falsch.

Dieses Gefühl ist schwer zu beschreiben, doch es fühlt sich gut und richtig an und das ist doch das Wichtigste, nicht? Ich denke oft darüber nach, wie es wäre, Lilly von den zwei Küssen zu erzählen, doch jedes Mal, wenn ich beginne, etwas zu sagen, was in die Richtung des Themas geht, wird sie augenblicklich rot und versucht so schnell wie irgend möglich vom Thema abzulenken. Komisch, doch für mich vollkommen in Ordnung. Ich weiß ja noch nicht einmal, ob ich es ihr wirklich erzählen will.

Doch ich weiß ganz genau, dass ich es dringend noch mal es probieren möchte. Also sie küssen. Wenn ich daran zurückdenke, dann steht das Gefühl, nicht die Tat im Vordergrund. Meine Wahrnehmung des Momentes war so viel stärker als normal, doch das wurde mir erst bewusst, als ich zurückdachte.

Ich rieche immer noch ihr Parfüm oder Deo, welches einen blumig- süßen Duft hatte. Ich höre ihre leise regelmäßige Atmung und alleine das reicht für eine Gänsehaut vollkommen aus. Ja, ich würde sagen, ich bin verliebt.

Kapitel 24

Neue Wege

Lilly Drew

Du bist der Wind in meinen Flügeln,

der Engel der mich sanft berührt,

ohne Dich da würd ich stürzen

bist der, der mich behutsam führt.

~ Celine Krüger

Normalität ist was Schönes, vor allem wenn sie sich so gut anfühlt wie jene, die ich mit Jake erleben darf. Ich merke, wie diese Normalität mir Kraft gibt und mir hilft, wieder auf die Beine zu kommen.

Seit einigen Tagen gehe ich wieder zur Uni, es ist echt schön wie ein normaler Mensch in einer Vorlesung zu sitzen. Ich hatte viel verpasst in den Wochen, in denen ich Zuhause lag, oder im Krankenhaus war. Doch eine Bekannte von mir versprach mir, dass ich schon bald ihre Aufzeichnungen bekommen könnte und ich sicher in kürzester Zeit alles nachgeholt habe.

Deshalb habe ich in der letzten Zeit viel gelernt. Mein Tagesablauf sah immer gleich aus, aufstehen, Uni, lernen, zu Abend essen, schlafen gehen. Dank der Unterstützung von Jake, der sich jeden Abend meine

Sorgen anhörte und ein-zwei Mal mit mir lernte, holte ich schnell alles nach.

Jake war mir oft eine große Hilfe, sei es beim Lernen oder dass er sich einfach nur anhörte, was ich zu sagen hatte. Sei es noch so verrückt oder für ihn sogar unnachvollziehbar, da ich ihn nur zu oft mit musikalischem Fachwissen bombardierte.

Doch eine Sache stört mich gewaltig, immer wieder versucht er auf ein Thema anzusprechen, dem ich doch lieber aus dem Weg gehen würde. Der Kuss. Der Kuss, den er mir gab, als er dachte, ich schliefe.

Doch ich tat es nun mal nicht, ich hatte Angst, ihm zu sagen, dass ich weiß, was geschehen war, da ich nun mal nicht geschlafen hatte.

Aber ihn anlügen und auf überrascht tun wollte und vor allem konnte ich auch nicht. Also versuche ich dem Thema aus dem Weg zu gehen, bis er mich noch einmal küsst. Aber was, wenn er mich nicht noch mal küsst? Was, wenn es ihm nicht gefallen hat? Was, wenn ich gerade meine Chancen, ihn mein zu nennen, verspielte? Ich schüttle meinen Kopf, meine Gedankengänge wandern wieder ab adsurdum. Ich greife zu meinem Laptop, um meine E-Mails zu checken. Es wird langsam ja Zeit, einen Job zu finden, zwei Absagen, zwei Zusagen waren zu finden. Ich freute mich richtig, dass eine der Zusagen von dem kleinen Buchladen hier in der Gegend war.

Bei der Anderen handelt es sich um einen Supermarkt, doch das Angebot des Buchladen war viel besser. Also meldete ich mich für einen der drei Termine zum Vorstellungsgespräch an.

Ich finde es schade, dass ich meinen Job verloren habe, ich finde, ich habe mich ganz gut als Barkeeperin gemacht und der Job hat auch wirklich Spaß gemacht, schade, dass es vorbei ist.

Auch wenn ich mich manchmal doch frage, wie dies eigentlich geschehen konnte, da ich immer zuverlässig war und keinen Tag fehlte. Mein Chef wurde nur immer misstrauischer und es gab interne Konflikte, doch niemals wurde ich eingeweiht. Bisher fand er immer, dass ich eine wundervolle Frau war, welche diesen Job mehr als verdient hat.

Er bot mir mehr als einmal an, Workshops zu belegen, um meine Fertigkeiten auszubauen. Ich brachte ihm Kundschaft und das wusste er auch immer, doch von heute auf morgen änderte sich sein Blickwinkel auf mich völlig.

Den Workshop, den ich wegen ihm belegen wollte, wollte er mir nicht mehr als Fortbildung bezahlen, sondern als Urlaub abrechnen. Es war seltsam, auch die Kündigung kam irgendwie unerwartet, aber jetzt ist es vorbei und ich muss in die Zukunft sehen.

Ich muss jetzt einen neuen Weg einschlagen und hoffen, dass es gut läuft. Mal sehen, wie das alles verlaufen wird, ich hoffe einfach, dass ich alles schaffe, dass ich mein Studium schaffe, dass ich die Geschichte mit Jake schaffe und das ich meine Leben einfach, na ja schaffe.

Bisher lief es ja nie besonders leicht für mich, aber vielleicht ist die Begegnung mit Jake ja ein Wendepunkt. Vielleicht kann ich jetzt endlich ausatmen und mein Leben genießen. Ich wünsche es mir auf alle Fälle.

Ich höre, wie die Wohnungstür zufällt, Jake ist wieder da. Während er in der Küche rum poltert, steige ich schnell aus meiner Jogginghose und ziehe mir eine Jeans an. Das weiße Top und den Cardigan, den ich trage, lasse ich einfach an. Ich gehe aus meinem Zimmer und schlüpfe in die große Wohnküche. „Hey wollen wir jetzt einkaufen gehen", frage ich Jake. Er grinst mich an und meint: „Klar! Ich trink nur schnell meinen Kaffee und dann können wir ja schon."

Er zeigt kurz auf die Kaffeemaschine, die vor sich hin brummt. „Du kannst ja schon mal Taschen suchen, damit wir keine Plastiktüten mitnehmen müssen."

Ich nicke und ging in die kleine Rumpelkammer, in der auch das Putzzeug und diverse Haushaltssachen untergebracht sind. Ich schnappe mir drei große Taschen, eine davon ist eine Kühltasche. Ich denke mal mehr brauchen wir nicht. Vor ein paar Wochen hatte Frau Gerber entschieden, dass sie ihr Auto nicht mehr braucht und gerne verkaufen würde.

Da wir nun zu zweit sind, entschieden wir uns, dass die Anschaffung eines Wagens für Einkäufe und die ersten Ausflüge keine schlechte Idee ist, und kauften den Wagen günstig. Jetzt haben wir kein Problem mehr, sollte Jake zu seiner Mutter fahren müssen und ich keins, falls es wieder Konzerte gab, auf denen ich auftreten kann.

Ich gehe zurück in die Küche und setze mich neben Jake. Wir redeten nicht und jeder von uns hing seinen eigenen Gedanken nach. Zurzeit war es wirklich ruhig geworden, die Lage entspannte sich zunehmend. Doch ehrlich gesagt habe ich Angst, denn bald soll die Freundin von Jake hier aufkreuzen und ich bin wirklich nicht begeistert, dass sie wahrscheinlich bis zu drei Wochen hier leben wird.

Doch wie sollte ich mich schon gegen Jake stellen, sie ist ihm sehr wichtig, also werde ich mich sicher nicht quer stellen. Ganz im Gegenteil sogar, ich spielte ihm vor, dass ich mich regelrecht darauf freue, sie kennen zu lernen. Trotzdem wird sie, wenn sie hier lebt, unsere Dynamik und den Alltag, wie wir ihn uns gerade erst aufgebaut hatten, zerstören. Jake steht auf, um seine leere Tasse in die Spülmaschine zu stellen. Ich merke, wie ein Grinsen sich auf meine Lippen stiehlt, wir sind wirklich verwöhnt. Spülmaschine, Waschmaschine, Trockner, Kaffeevollautomat, und und und. Wir leben wie in einem Schloss. Na ja, im Gegensatz zu dem, wie ich früher gewohnt habe, kann man diese Wohnung wirklich Schloss nennen.

Jake dreht sich zu mir und lächelt mich an. Schmetterling tanzen in meinem Bauch und ich kann nichts dagegen machen, dass mein Lächeln immer breiter wird. „Los lass uns einkaufen!", verkündet Jake mit mehr Elan als normalerweise.

Beflügelt steigen wir in unseren Wagen und fahren los. In meinen Gedanken jedoch sind wir immer noch daheim, doch statt, dass Jake sagt, dass es nun losgehen würde, küsste er mich endlich wieder. Ich möchte doch einfach nur einen Weiteren.

Kapitel 25

Geheime Mission
Jake Leen

*Im Schatten sah ich
Ein Blümchen stehn,
Wie Sterne leuchtend,
Wie Äuglein schön.
~ Johann Wolfgang von Goethe*

Ich muss mich langsam daran machen, herauszufinden, wie die ganze Geschichte um Hanne rumläuft. Ich muss wissen, was sie mit Lilly zu tun hat. Was sie getan hat, obwohl ich doch schon erstaunlich viel weiß. Lilly wurde rausgeworfen und das scheinbar dank Hanne.

Hanne geht ihrem Freund fremd und hat eine Affäre mit Lillys Ex-Chef. Nina scheint etwas davon zu wissen. Also werde ich sie mir Mal schnappen und mit ihr reden.

Nach kurzem Nachfragen, wie denn diese Nina mit Nachnamen heiße, lasse ich Lilly etwas verwirrt in der Wohnung alleine und gehe zu der Adresse, die mir im Telefonbuch gegeben war.

Ihre Wohnung liegt etwas außerhalb, was aber, dank unserem neuen Wagen, kein Problem ist. Ich fahre also zu dieser Nina, in der Hoffnung, etwas rauszufinden. Ich weiß aber nicht, ob sie mir überhaupt öffnet und selbst wenn, das heißt ja nicht, dass sie gleich mit der ganzen Wahrheit herauskommt.

Ich fahre vor ein hohes Haus mit vielen Wohnungen. Leider weiß ich nur, dass sie in diesem Haus wohnt, aber nicht in welchem Stock, geschweige denn Wohnung. Aber versuchen kann man es ja Mal. Vielleicht steht ihr Name ja an einem Klingelschild.

Ich steige aus und schließe das Auto hinter mir, losgeht's also. Ich atme scharf ein, um dann ganz langsam auszuatmen. Etwas Panik habe ich dann doch.

Ich gehe in einen kleinen Eingangsbereich und mustere die Klingelschilder, hier muss ja irgendwo etwas stehen. Steiner, St, St, hier muss doch was stehen. Erst nach einer Weile fällt mir auf das oft auch zwei Namen an einem Schild stehen, vielleicht wohnt sie ja mit einer Freundin oder einem Freund zusammen.

Also schaue ich noch mal genauer und da, gefunden. Nach einem Slash steht da Steiner, ich freue mich wirklich, doch nur weil ich jetzt weiß, wo sie wohnt, heißt es ja nicht, dass sie mit mir reden wird.

Trotzdem lasse ich mich nicht runterziehen, sondern klingle. Was soll den auch schon groß passieren? Kurz passiert nichts, dann knackt es und eine männliche Stimme meldet sich: „Ja bitte?"

„Eh....ja. Ich bin ein Bekannter von Nina. Es geht um eine Freundin von ihr die bei mir wohnt, könnten sie mich vielleicht rein lassen?" Es kommt keine Antwort nur ein weiteres Knacken und dann das Geräusch des Türsummers.

Ich habe es geschafft, ich bin im Gebäude und wenn ich weiter so viel Glück habe bald auch schon in der Wohnung. Dann aber würde erst der komplizierte Teil kommen, Nina zum Reden bekommen, aber wer weiß vielleicht ist sie sehr gesprächig.

Ich stiefle die Treppen hoch, da auf dem Aufzug logischerweise stand, dass dieser defekt ist. Also muss ich zu Fuß in den fünften Stock. Ich nehme es aber mit Humor, so habe ich wenigstens Beintraining.

Ich muss da wohl dazu sagen, dass ich nicht wirklich lustig bin, war ich noch nie. Ich war immer der ernstere, aber das war hier in dieser Situation gar nicht so schlecht. Während meine Freunde es sich mit schlechten Witzen bei den Frauen verscherzten, war ich der ruhige, der in der Ecke saß und nichts sagte.

Oft kamen die Frauen dann zu mir. Ich strahlte etwas Beruhigendes aus und nach den sexistischen und manchmal auch rassistischen, dämlichen Witzen meiner Bekannten, wollten sich manche Frauen nur zu gerne über einen der Idioten auslassen.

Die Gespräche, die dabei rauskamen, waren immer sehr nett und obwohl ich die meisten Frauen nie wieder sah, hatten diese Gespräche einen großen Einfluss auf die

Art, wie meine Freunde mich sahen, als Weiberheld oder auch Aufreißer.

Es dauert seine Zeit, doch bald schon stehe ich vor der Wohnungstür, zaghaft klopfe ich und hoffe, dass irgendwer das überhaupt gehört hat. Die Tür öffnet sich aber relativ schnell und mir steht ein kleines zierliches Mädchen gegenüber. „Du bist also mein Bekannter, den ich heute zum ersten Mal sehe."

„Ich weiß, wir haben uns noch nie gesehen, aber ich bin der Mitbewohner von Lilly und ich glaube, du hast mir ein paar Sachen zu erzählen.", erwidere ich. „Das glaube ich nicht", gibt sie zurück. Sie sieht eindeutig lieber aus als ihre große Klappe zu denken wünscht.

„Bitte, es macht mich verrückt nicht zu wissen was los ist." Plötzlich sieht man etwas, was ich nicht erwartet habe. Die Fassade der starken und vorlauten Frau bricht und darunter erscheint das kleine verschreckte Mädchen, dass ich eigentlich bei ihrem Anblick erwartet hatte. Ich ließ sie meine verletzliche Seite sehen, jene die sich unfassbare Sorgen um Lillys Leben und Zukunft machte.

„Du machst dir wirklich Sorgen, oder?" „Ja natürlich ich wünsche mir nichts mehr als endlich zu wissen was hier eigentlich gespielt wird und da du scheinbar die Geschichte kennst, ohne involviert zu sein, würde ich dich bitten es mir zu erzählen." Sie nickt leicht und lässt mich endlich in die Wohnung, der Mann von der Gegensprechanlage sitzt im Wohnzimmer und zockt.

Also gehen wir in die Küche, das Herz der Wohnung. Da kommt eine Nachricht rein.

Lilly schreibt und fragte mich, wo ich sei und ob ich zum Essen heimkomme. Schnell versuchte ich sie abzuwimmeln, ohne ihr zu verraten, was ich tat oder wo ich war. Ich wollte einfach nicht, dass sie von all dem erfährt, bevor ich überhaupt eine Ahnung hatte, was hier vorging.

„Lilly?", fragt Nina. „Ja", antworte ich. „Aber das ist jetzt nicht so relevant ich wüsste nur gerne was das alles zu bedeuten hat?" Sie nickt nur kurz und schließt die Tür hinter uns, „Kaffee?" „Nein danke, aber ein Wasser wäre lieb.", antworte ich ihr. Nachdem ich ein Glas Wasser in die Hand gedrückt bekommen habe, setzt auch Nina sich endlich zu mir.

„Also was ist los?", „Na ja, ich habe aus Versehen ein Gespräch zwischen Hanne und Lillys Ex-Chef, eins zwischen ihr und dir und eins zwischen ihr und einem Nick belauscht. Kannst du mir etwas zu denen sagen?", frage ich einfach ohne ein Blatt vor den Mund zu nehmen.

„Na ja ...", stammelt sie, fasst sich dann aber. Ihr scheint es unangenehm zu sein, dass ich sie so direkt an die Wand stellte, und zudem kommt es mir so vor, als wüsste sie etwas, was sie eigentlich gar nicht wissen wollte. „Also, es ist so, dass Hanne in der Bar arbeitet, in der auch Lilly arbeitete. Nur nicht als Barkeeper.", sie verstummt. „Das heißt aber, dass sie als Stripperin arbeitet?", frage ich, wusste aber noch immer nicht, was das alles jetzt mit Lillys Kündigung zu tun hat.

Kurz herrscht Stille, jeder hängt ein wenig seinen Gedanken nach und ich nehme einen Schluck. „Also?", frage ich, „Was hat das mit dem allen zu tun?" „Na ja, Hanne hat Geldprobleme und sich immer wieder aus Lillys Kasse bedient, wenn diese nicht da war. Ich denke das Lilly nicht mal weiß, dass ihr Geld entwendet wurde oder das Hanne überhaupt dort arbeitet.

Sie hat eine Affäre mit dem Chef angefangen, als der Hanne verdächtigt hat, das Geld zu nehmen. So war nun noch eine Person im Fadenkreuz. Dank Hannes engen Kontakt zum Chef konnte sie verhindern das Lilly angezeigt wurde, sie wurde also nur rausgeworfen.

„Also liege ich richtig, wenn ich denke, dass Hanne schuld daran ist, dass Lilly arbeitslos ist?", frage ich mehr als verwirrt. All dieses Wirrwarr mit dem Geld und dieser Affäre, das alles wirkt wie in einem schlecht geschriebenen Film. Nina reist mich aus meinen Gedanken und antwortet auf meine etwas dämliche Frage: „Ja."

Kapitel 26

Ich glaube dir nicht
Lilly Drew

So hold und schön und rein;
Ich schau dich an, und Wehmut
Schleicht mir ins Herz hinein.
Mir ist, als ob ich die Hände
Aufs Haupt dir legen sollt,
Betend, daß Gott dich erhalte
So rein und schön und hold.
~ Heinrich Heine

Ich bin sauer. Ich weiß, ich habe nicht das Recht dazu,
doch trotzdem bin ich sauer. Ich bin sauer, weil Jake
einfach ohne ein Wort weggefahren ist. Ich bin sauer,
weil er nicht zum Abendessen heimgekommen ist. Ich
bin sauer, weil er mich nach Nina gefragt hat. Ich bin
sauer, weil er nicht mit mir redet. Ich bin sauer, weil er
sich seit Stunden nicht bei mir meldet. Ich bin so sauer.

Ich sitze in der Küche, vor mir eine leere Tasse, dessen
Inhalt vor circa einer Stunde noch als Kaffee identifiziert
werden konnte. In der einen Hand halte ich einen Stift,
mit dem ich, seit meine Tasse leer ist herumspiele. Mal
klicke ich rum, dann schraube ich ihn auf und wieder
zusammen. Es war zum Kopfzerbrechen. Mittlerweile

war es schon zwölf Uhr nachts und Jake hat immer noch nicht den Weg heimgefunden.

Mir wird bewusst, dass ich wie eine eifersüchtige Ehefrau wirken muss, doch ich bin besorgt. Ich mache mir gleichermaßen Sorgen um Jake, so wie ich sauer auf ihn bin. Ich wünsche mir doch nichts als ein Lebenszeichen, ein kleines. Sei es eine Nachricht oder dass er endlich heimkommt. Seit den letzten Nachrichten am späten Nachmittag war er nicht mehr online und genau das bereitet mir so unfassbar große Sorgen. Klar, ich bin wütend, habe das Bedürfnis, auf den Boden aufzustampfen und zu schreien, doch das darf mich nicht trüben.

Ich atme laut aus und lasse mich in den Stuhl zurücksinken. Ich möchte doch nur, dass er heimkommt und mir erzählt, wie sein Tag war, was los war und wie es ihm geht, aber das kann ich mir wohl abschminken. Ich klopfe genervt auf der Tischplatte herum.

Wieso sitze ich hier eigentlich? Wieso stehe ich nicht auf und schaue einen Film oder gehe in die Badewanne? Nein, lieber sitze ich hier und warte wie eine gekränkte Frau auf einen Kerl, der nicht mir gehört. Ich lasse meinen Kopf auf die Tischplatte sinken und schloss die Augen. Was soll ich nur tun?

Trotzig springe ich auf, der Stuhl kippt nach hinten und landet mit einem Scheppern auf dem Boden. Genervt bücke ich mich, um den Stuhl wieder anzuheben und verlasse die Küche.

Die leere Tasse lasse ich einfach stehen. Ich schnappe mir Unterwäsche und einen Schlafanzug und mache mich auf den Weg zur Dusche. Im Bad angekommen schaue ich noch einmal kurz auf mein Handy. Keine Nachricht, kein Anruf, kein Lebenszeichen. Na gut, er ist ein erwachsener Mann, er kann selbst entscheiden, was der richtige Weg für ihn ist. Ich entkleide mich und steige in die Dusche.

Das warme Wasser prasselt angenehm auf meinen Rücken und meinen Kopf. Als ich nach meinem Duschgel greife, fällt mir die Tube auf den Boden und der Deckel zerspringt. Na super! Heute ist ja Mal wirklich mein absoluter Glückstag. Ich beuge mich hinunter und hebe die kaputte Flasche und die Splitter des Deckels auf.

Das kann doch nicht sein! Duschgel leer. Etwas verzweifelt gucke ich mich in der Dusche um, das warme Wasser hat die Glasscheiben, die nicht nass geworden sind, beschlagen. In der Dusche selbst stehen nur noch Jakes Duschgel und sein Shampoo rum, beides hat einen angenehmen, wenn auch männlichen Geruch. Trotzdem entscheide ich mich seins zu benutzen.

Wenige Minuten später steige ich auch schon aus der Dusche. Der große Spiegel, der sich über die gesamte Wand unter dem Waschbecken erstreckt, ist vollständig beschlagen. Ich wickle mich in ein Handtuch ein und befestige meine Haare oberhalb meines Kopfes mit einem Turban aus einem weiteren Handtuch.

Ich stöpsele den Föhn an und beginne den Spiegel frei zu föhnen. Danach ziehe ich mich schnell um und löse das Handtuch von meinem Haaren. Summend und tänzelnd stehe ich nun vor dem Spiegel und föhne meine langen Haare. Der blaue Ansatz ist mittlerweile vollständig herausgewaschen und meine Naturhaarfarbe war vollständig zu sehen.

In einem bauchfreien Top und einer Jogginghose gehe ich aus dem Bad. Erst jetzt greife ich wieder nach meinem Handy und sehe das Jake eine Nachricht hinterlassen hat. Nachdem die mechanische Stimme die Nachricht angekündigt hat, höre ich Jakes Stimme.

„Hey, es tut mir leid. Eigentlich wollte ich anrufen, aber zu dieser Zeit schläfst du sicher schon. Ich wollte nur sagen, dass es mir leidtut, dass ich nichts gesagt habe. Du hast dir sicher Sorgen gemacht, oder auch nicht, vielleicht ist das alles ja auch nur Wunschdenken und du warst froh, mich endlich mal los zu sein.

Na ja, worauf ich hinauswollte, es geht mir gut und ich komme sicher bald heim, ich stehe etwas im Stau." Man hört ein Hupen und ein Knacken: „Ja, ich hoffe es geht dir gut. Okay, bis dann Mal."

Lächelnd lasse ich mich in mein Bett fallen, er war süß. Verdammt wie kann es sein, dass eine so kurze Nachricht mich zum Lächeln bringt und mich all den Kummer und all die Sorgen vergessen lässt? Ich kuschle mich an das Kissen, das mir Nina und Hanne geschenkt haben.

Ich muss echt Mal logisch über meine Situation nachdenken. Ich darf nicht einfach den Kopf abschalten und wie ein verknallter Teenie auf blöd machen, das geht nicht.

All dieses Achterbahn-Fahrerei muss ein Ende haben, ich kann nicht von Wut in Glückseligkeit und gleich wieder in Trauer fahren, das ist kein Zustand mehr,

Also seit Jake da ist, was ist alles passiert? Ich habe endlich eine mehr oder weniger eigene Wohnung, dank Jake. Dass wiederum heißt, dass ich jederzeit rausgeworfen werden könnte. Hm?

Ich sollte, sobald ich einen Job habe, ihm Miete zahlen, damit ich hier nicht wie ein Parasit lebe. So weiter im Text, seit Jake da ist, fühle ich mich nicht mehr so alleine, dafür muss ich aber ständig mit diesem Herzschmerz und dem Karussell in meinem Kopf leben. Seit Jake da ist, fühle ich mich geborgen, wenn auch manche Sachen nie aus meinem Kopf verschwinden werden.

Niemals wird ein Kerl mich vergessen lassen, wie es ist, ich zu sein. Nie werde ich aufhören, alles zu hinterfragen und nie werde ich jemals wieder jemanden sofort vertrauen können. Auch nicht durch die Ankunft des weißen Ritters in schillernder Rüstung. Niemals!

Kapitel 27

Der erste Streit

Jake Leen

Du bist das schönste, dass mir je passiert ist.
Ein Platz in meinem Herzen ist immer frei für Dich.
Ich lass' Dich nie im Stich, ich liebe Dich!
~ Mag. Edith Helminger

Ich bin auf dem Weg heim. Die Zeit mit Nina war erstaunlich. Ich habe noch nie jemanden kennenlernen dürfen, der so sehr an seinen Zielen vorbeigelaufen ist. Doch scheinbar konnte sie sich das nicht aussuchen, die Arme.

Ich freue mich für sie, dass Hanne mittlerweile bei den ganzen falschen Spielchen keine Zeit mehr für ihre Freundin hat, sonst müsste Nina mit ihr etwas unternehmen und aus ihren Erzählungen konnte man heraushören, dass sie sehr wenig von Hanne hält.

Ich parke ein und lasse mich in den Sitz zurückfallen. Laut atme ich aus und lege eine Hand über meine Augen, ich bin geschafft. Die Uhr zeigt schon nach 12, ich war lange im Stau gestanden. Meine Gedanken schweifen wieder zu Lilly. Sie ist ein wundervoller Mensch und hat Derartiges nicht verdient. Sie hat die Geschichte mit

Hanne nicht verdient. Sie hat mich nicht verdient, oder viel eher, ich habe sie nicht verdient.

Ich raufe mir die Haare, ja ich denke so, ich habe sie nicht verdient. Ich bin doch noch ein Kind, verglichen mit ihr. Ich habe nichts erlebt, nie Angst haben müssen. Ich habe ein vollkommen normales Leben und sie?

Sie kämpft mit ihrer Vergangenheit und wird immer wieder belogen und betrogen, dabei wünsche ich mir nichts mehr als eine Welt voller Helden für sie. Sie soll nicht mehr an die falschen Leute kommen, aber trotzdem kommt sie immer an die größten Arschlöcher und Deppen dieser Welt. Na ja, und mich halt.

Ich steige aus und ziehe sofort die Jacke enger um mich, der Frühling beginnt und nachts ist es immer noch sehr kalt ohne passende Klamotten. Ein eisiger Wind weht durch meine Haare und findet seinen Weg unter meine Kleidung. Ich husche schnell in den Hausflur und stampfen die Treppen hoch.

Auf der Hälfte des Weges wird mir bewusst das ich vielleicht etwas leiser sein sollte, meine Mitmenschen haben mir ja nichts getan, wieso sollte ich sie also wach stampfen.

Ich suche nach meinem Schlüssel. Ich bewahre ihn immer noch getrennt von meinem Autoschlüssel auf und genau in diesem Moment wird mir bewusst, wie dumm das ist. Ich habe ihn liegen gelassen und muss jetzt wohl oder übel klingeln und Lilly aufwecken.

Doch mir kommt eine Idee, vielleicht schläft sie ja noch gar nicht, dann könnte ich ihr einfach eine Nachricht schicken und sie kommt und macht die Tür auf. Ich müsste nicht klingeln und niemanden wecken.

Ich ziehe mein Handy aus meiner Jackentasche und gehe in den ersten Chat, der auf meinem Handy zu sehen ist. Lilly, hinter ihrem Namen habe ich ein Herz hinzugefügt, ich weiß nicht wieso, aber es gefällt mir.

Ich tippe: „Hey du, ich habe meinen Schlüssel liegen gelassen, kannst du mir vielleicht die Tür öffnen?" Nur ein paar Sekunden später färben sich die zwei Hacken blau. Doch ich erhalte keine Antwort, stattdessen wird kurze Zeit später die Tür geöffnet.

Lilly sieht müde aus und scharf, verdammt scharf. Ihre helle Haut wird durch die dunkle Farbe des Tattoos auf ihrer Haut unterbrochen. Die braunen Haare sind zu einem chaotischen und doch irgendwie hübschen Bun auf dem Kopf befestigt, an den Seiten ihres Gesichtes Wellen sich zwei Strähnen, die sich wahrscheinlich aus ihrer Frisur gelöst haben.

Sie trägt ein helles, bauchfreies Top und eine schwarze, perfekt sitzende Jogginghose. Barfuß steht sie vor mir und als sie sich dann umdreht, habe ich einen grandiosen Blick auf ihren Hintern. Oben aus der tiefsitzenden Jogginghose sieht man die Bündchen ihrer Calvin Klein Unterwäsche. Man kann erkennen, dass sie unter dem Crop Top keinen BH trägt.

Ich weiß, das klingt pervers und dumm von mir, aber sie sieht einfach gut aus. Ich möchte sie hochheben und ins Bett tragen, in unser Bett. Doch das darf ich nicht und das schmerzt. Ich möchte doch einfach der Mann an ihrer Seite sein, doch niemand lässt das zu. Als aller Letztes ich selbst. Wie anfangs erwähnt, ich bin nicht gut genug für sie.

Ich betrete den Flur und ziehe meine Jacke aus, nachdem ich die Tür geschlossen habe. „Kein Hallo?", frage ich. „Hast du es dir verdient?", fragt Lilly zurück. „So stinkig wie du klingst vermute ich Mal nein.", ihre Spielchen lassen mich kalt, diese kenne ich nur zu gut von anderen Frauen. Ich gehe doch nicht auf eine Eifersuchtsmasche ein, das brauchen wir beide nicht.

„Na dann.", erwidert sie gelassen. „Ach ja, Caro kommt morgen, also wenn es dich nicht stört, würde ich sie gerne in deinem Zimmer unterbringen, das Sofa finde ich für meine beste Freundin doch zu spartanisch." Sie antwortet mir nicht, ein Schulterzucken soll mir nur suggerieren das sie denkt sie hätte ja eh keine Wahl.

„Man Lilly lass die Scheiße!", werde ich nun lauter, warum weiß ich nicht. Eine unkontrollierte Wut über ihren spontanen Typwechsel kommt in mir auf und zerfrisst das gute Gefühl, das noch vor wenigen Sekunden mein Herz erfüllt hatte. „Was denn?", auch sie ist nun lauter, als sie sich wieder zu mir dreht.

„Bist du jetzt echt böse auf mich, weil ich dir nicht gesagt habe, wo ich bin, was ich mache und wann ich wieder komme? Du weißt aber schon noch, dass du nur eine Freundin bist, nicht meine!" Den letzten Satz hätte ich nicht sagen sollen, nicht so. Nein gar nicht! Ich wollte doch genau das, dass sie meine Freundin ist und nicht Mitbewohnerin. Verdammt, Jake du bist so dämlich.

Sie erwidert nichts, sie dreht sich nur um und geht auf ihr Zimmer. Ihre Gestik ist nicht wütend, nicht zornig, ich weiß nicht was sie mir zeigte. Ihre Bewegungen wurden ganz sanft und weich, doch nicht leicht. Sie wirkt traurig, doch nicht erschüttert. Es wirkt, als würde ich sie auf etwas ansprechen, das ihr selbst schon bewusst war, doch meine Erwähnung machte es schlimmer. Was hat sie nur?

Ich möchte etwas sagen, mich entschuldigen. Doch kein Wort verlässt meinen Mund. Im Gegenteil sogar, meine Füße bewegen sich wie fern gesteuert in mein Zimmer. Ich ziehe mich langsam aus und gehe ins Badezimmer. Nach einer kurzen Dusche fühle ich mich jedoch nicht besser. Es ist immer noch so, als würde ich meinen Körper von außen betrachten und hätte keine Möglichkeit, meine Bewegungen an meine Gefühle und Gedanken anzupassen.

Ich liege im Bett, als ich endlich das Gefühl zurückbekomme, dass mein Körper wieder von mir steuerbar ist. Ich zittere am ganzen Körper und das erste Mal seit Dad´s Tod weine ich.

Kapitel 28

Krank

Jake Leen

Als ich Dich zum ersten Mal sah, war mir klar:
Du bist sie. Die Liebe meines Lebens. Der Gipfel meines Strebens.
Mit Dir kann ich Berge versetzen und hoffe, Du wirst mich
niemals verletzen.
Ich liebe Dich!
~ Mag. Edith Helminger

Ich zittere auch noch eine Stunde danach. Die Reaktion meines Körpers ist heftig, damit hatte ich nicht gerechnet. Doch ich rechne mit vielem nicht. Ich spüre die mittlerweile trockenen Tränenspuren, wenn ich mein Gesicht bewege. Wie ein feiner Film blieb eine Spur auf meinem Gesicht zurück. Es ist so lange her, dass ich diese Spur in meinem Gesicht spüren konnte.

Es war der Tag der Beerdigung. Mom und ich waren den ganzen Tag auf den Beinen, fühlten uns taub. Ich kann dieses Gefühl kaum beschreiben, es wirkte so irreal, dass mein Vater begraben wurde. Selbst als ich den Sarg sah, der hinuntergelassen wurde, konnte ich es nicht wahrnehmen. Doch als ich daheim war, die Klamotten des Tages in der Wäsche und den Schweiß abgewaschen habe, da begriff ich es. Vater ist tot.

Die Trauer dauerte Monate lang an, noch heute, wenn ich das Gefühl habe, sein Aftershave zu riechen oder zu hören, wie er beschäftigt in Büchern wälzt, habe ich einen Druck in der Magengegend. Ich fühle mich benommen, wie gefesselt. Doch es hört auf und meine Atmung normalisiert sich schnell.

Doch das hier ist etwas vollkommen anderes, hier geht es nicht um den Tod eines geliebten Menschen, hier geht es um einen Streit. Eine Banalität!

Ich weiß nicht weiter, nur langsam krümme ich meinen Rücken und ziehe meine Beine an meine Brust. Ich weiß einfach nicht, was ich tun soll. Natürlich könnte ich Lilly einfach alles erzählen, die Wahrheit über mich und meine Gefühle. Doch das muss der falsche Weg sein, denn so jemanden wie mich liebt man nicht. Vor allem nicht ein so bezauberndes Mädchen wie Lilly. Ich schüttle den Kopf. Nein, sie ist kein Mädchen, sie ist eine erwachsene Frau. Eine Frau, die in ihrem Leben mehr erreicht hat, als ich je anstreben wollte.

Es fühlt sich verboten an, diese Gedanken zu denken. Es fühlt sich falsch an, zuzugeben was ich empfinde. Ich möchte es leicht, doch mein Kopf will es kompliziert.

Meine Gedanken beginnen sich wieder im Kreis zu drehen. Ich fühle mich wie in einer Achterbahn, immer wieder werde ich nach links und nach rechts geschleudert, nach oben und nach unten. Mir wird schlecht, doch auch dieses Gefühl verdränge ich. Seit eine Stunde fühle ich mich benebelt, mir ist heiß und kalt gleichzeitig.

Plötzlich nimmt die Übelkeit überhand und ich lege einen rekordverdächtigen Sprint ins Badezimmer hin, um mich dort zu übergeben.

Ich sacke neben die Kloschüssel, ich habe keine Kraft, mich aufzurichten und zu spülen, ich liege einfach auf dem kalten Fließen und hoffe das mein Kopf aufhört zu hämmern. Ein zweites Mal übermannt mich die Übelkeit und ich erbreche erneut.

Ich bin fertig, alle meine Sinne sind überstrapaziert. Jedes Geräusch ist zu laut, jeder Funke Licht zu hell, jeder Geruch zu intensiv.

Mein Kopf fühlt sich an wie ein Vulkan kurz vorm Ausbrechen. Meine Sicht wird immer verschwommener, als der Raum schlagartig hell wird. Ich kneife meine Augen zu und gebe einen Laut von mir, der zwischen Stöhnen und Weinen eingeordnet werden kann.

Eine sanfte Stimme spricht zu mir, doch ich nehme die Person kaum wahr. Ich achte nur auf den melodischen Klang. Ich bekomme nichts mehr mit, die Stimme hat meine volle Aufmerksamkeit. Ich spüre nur am Rande, wie man mir hilf aufzustehen und mir den Mund ausspült. Ich werde halb getragen, halb stolpere ich eigenständig vor mich hin. Ich lande auf einem Bett und drifte langsam in einen unruhigen, von Albträumen geplagten Schlaf.

Ich wache auf, mein Shirt klebt an meinem Oberkörper, ich bin völlig verschwitzt. Ich möchte meine Augen nicht öffnen, ich habe Angst vor der Helligkeit.

Ich habe einen Druck auf meinem Oberkörper, den ich schwer beschreiben kann. Es ist nicht so, dass ich keine Luft bekomme, im Gegenteil, dieser Druck fühlt sich gut an.

Ich wage es kaum, meine Augen zu öffnen, doch letzten Endes traue ich mich und öffne meine Augen einen Spalt weit. Durch die halb geschlossenen Rollos sickern schmale Lichtstreifen in das dunkle Zimmer, über den Boden und das Bett ziehen sich helle Flecken.

Es ist warm, verdammt warm. Ich versuche mich auf zu setzten, doch etwas hält mich zurück. Ich drehe mich um und sehe Lilly, die rhythmisch atmet und ihren Arm über mich gelegt hat.

Ich muss lächeln, ich schaue mich wieder im Zimmer um. Ein Eimer steht neben meinem Bett. Lappen liegen daneben und auf der Kommode liegen Tabletten und Verpackungen.

Ich befreie mich von Lillys Griff, sanft decke ich sie zu. So gerne würde ich neben ihr liegen bleiben, doch ich habe einen pelzigen Geschmack im Mund und fühle mich dreckig. Leise husche ich in das großzügige Badezimmer und steige unter die Dusche.

Ich fühle mich danach zwar wieder frisch, jedoch nicht gut. Doch darüber mache ich mir keine weiteren Sorgen. Nachdem ich die Zähne geputzt habe, ist der eklige Geschmack zwar weg, jedoch ist sowohl der Belag auf der Zunge noch der Knoten im Hals nicht weg.

Ich fühle mich schwummrig, irgendwie seltsam. Ich drehe mich um, um das kleine Fenster zu öffnen, als mir übel wird. Alles beginnt sich zu drehen und mein Magen überschlägt sich.

Ich kippe zur Seite und haue mir den Arm am Badezimmerschränkchen an. Polternd fallen Zahnbürste und Zahnpasta mit mir auf den Boden. Wenigstens muss ich mich nicht übergeben, denke ich noch bevor die Tür aufgerissen wird. Lilly steht mit großen Rehaugen im Türstock.

Sanft bewegt sie sich auf mich zu und hilft mir hoch, blitzschnell wird mir schwarz vor Augen. Ich klammer mich wie ein Ertrinkender an ihr fest und sie schleift mich halb durch die Wohnung. Schwer atmend und mit einem leisen Stöhnen lässt sie mich aufs Bett sinken. Ich erwarte, dass sie etwas sagt, doch Worte schienen ihr unbedeutend.

Ich sehe ihr zu, wie sie mit dem Lappen, der noch neben dem Bett lag, das Zimmer verließ. Nur kurze Zeit später kommt sie wieder. In der einen Hand ein nasser Lappen, in der anderen ein Glas Wasser. Ohne ein Wort zu sagen, legt sie mir den Lappen auf die Stirn, drückt eine

Tablette aus ihrer Verpackung und reicht sie mir mit dem Glas Wasser.

Ich vertraue Lilly, also hinterfrage ich nicht, was ich da eigentlich gerade schluckte und spüle die Tablette mit einigen Schlucken Wasser hinunter.

Ich spüre, wie das Monsterding mir langsamer als erhofft die Kehle hinunterrutscht. Der Lappen fühlt sich einfach gut an und nach einigen Minuten beginnt auch die Tablette zu wirken.

Ich fühle mich wieder besser, Lilly hat das Zimmer verlassen und ich wünsche mir, sie lege immer noch neben mir. Sie sah so verschlafen einfach süß aus, wie sie den Arm um mich gelegt hat. Doch jetzt ist sie weg. Leider.

Kapitel 29

Ich will nicht mehr

Lilly Drew

Ich liebe Dich von ganzem Herzen. Vorbei sind all die quälenden Schmerzen,
die mich einst belastet haben. Du bringst mir neuen Segen und reiche Gaben.
Ich danke Dir und drücke Dich.
~ Mag. Edith Helminger

Es ist schwer, verdammt schwer. Ich kümmere mich um ihn, schlafe bei ihm, einfach weil ich mir Sorgen mache, doch ich kann nicht mit ihm sprechen. Ich will es gar nicht. Der Streit nagt immer noch an mir und ja, ich habe ihm nicht verziehen, vielleicht einfach nur, weil er sich nicht entschuldigt hat, vielleicht auch, weil er keine Reue zeigt. Das macht mich verrückt.

Ich sitze auf dem Klodeckel im Badezimmer, bis vor ein paar Minuten habe ich noch die Überreste seines Sturzes beseitigt. Nur der Schrank hat jetzt eine kleine Macke, aber das soll nicht mein Problem sein. Jetzt aber sitze ich hier und denke nach, denke nach, ob ich wirklich das Recht habe, böse auf ihn zu sein.

Er hat mich hier aufgenommen, sich um mich gekümmert. Er hat mir eine Perspektive geboten und ich bin eine eifersüchtige Kuh und bin überhaupt erst schuld daran, dass wir uns streiten. Und doch, er hatte nicht das Recht so etwas zu sagen, oder doch? Er hat ja recht, wenn er sagt, ich benehme mich daneben. Ich habe kein Recht auf ihn. Ich bin nicht seine Freundin.

Es schmerzt ihn zu sehen und zu wissen, dass ich nicht seine Freundin bin. Mich um ihn zu kümmern, ohne jemals einen Ring an den Finger gesteckt zu bekommen, schmerzt. Ihn so zu sehen, schwach und ausgelaugt schmerzt und doch liebe ich ihn. Wir kennen uns nun seit fast einem Jahr. Ich erinnre mich noch genau an den Tag, es war der siebte November letztes Jahr.

Wie verzweifelt er damals war, zwischen all den grölenden, besoffenen Deppen und den nackten Weibern. Wie er sofort merkte, dass er nicht dorthin gehörte. Ich erinnere mich sogar an das Glas Wasser, das ich ihm spendieren wollte, was er jedoch nicht zugelassen hat. Lieber hat er mir fünf Euro in die Hand gedrückt mit der Begründung, es sei mein Trinkgeld und besser als gar nichts da zu lassen.

Er war so anders als die anderen Kerle, die ich kannte, er war irgendwie niedlich und zurückhaltend, nur deshalb habe ich ihm meine Nummer gegeben. Es war nicht nur die Sympathie, die eine Rolle spielte, als ich ihn sah, war da ein Gefühl. Ich kann es gar nicht beschreiben, aber irgendwie wollte ich nicht, dass er geht.

Aber jetzt entpuppt er sich doch als der Kerl, der er scheinbar ist. Ein widerlicher Macho, ein Weiberheld. Er lässt mich doch nur bei sich wohnen, damit ich irgendwann in sein Bett steige. Die Wut kehrt zurück und ich schmeiße den Lappen, den ich bis gerade eben noch in der Hand hatte, auf den Boden und springe auf. Ich hasse ihn, schreit eine kleine Stimme in meinem Kopf, während die andere seelenruhig ich liebe ihn flüstert. Ich hasse dieses Gefühl, diese Unschlüssigkeit. In mir tobt ein Sturm und verwüstet meine Gefühle. Ich setzte mich seufzend wieder auf den Klodeckel.

Ich atme einmal tief ein und wieder aus. Denk nach Lilly, du bist nicht auf den Kopf gefallen. „Ich muss herausfinden, was er bei Nina wollte", murmle ich leise in mich hinein. Also stehe ich auf und laufe in die Küche. Dort schnappe ich mein Handy, schreibe Nina, ich müsse sie sehen und hinterlasse Jake eine Nachricht, dass ich weg bin, er sich jedoch keine Sorgen machen müsse.

In meinem Kopf herrscht immer noch Chaos, aber ich hoffe, dass ein Gespräch mit Nina das klären wird. Ich schnappe mir die Autoschlüssel und fahre los. Auf der Fahrt denke ich immer wieder, dass das doch alles absolut keinen Sinn macht und möchte umdrehen, doch ein Gefühl lässt mich weiterfahren. Ich muss wissen, was los ist und warum zurzeit alles hoch und runter geht.

Selbst als ich auf dem Parkplatz stehe, legt sich der Fluchtgedanke nicht. Ich versuche mich selbst zu beruhigen, doch es hilft nur bedingt.

Tief atme ich ein und kontrolliere meinen Herzschlag, es schlägt kontrolliert und glücklicherweise kein bisschen flatterhaft. Ich öffne die Autotür und greife gleichzeitig zu meinem Handy und ziehe die Autoschlüssel ab. Ich möchte endlich wissen, was hier gespielt wird, denke ich noch, bevor ich die Klingel betätige und warte atemlos auf das Summen der Tür.

Eben dieses ertönt nur kurze Zeit später und ich schiebe die schwere Tür auf. Es dauert nicht lange und schon stehe ich vor Ninas Tür. Ich atme schwer, die Nervosität lässt meine Knie zittern. Wovor habe ich Angst? Meine Gedanken spielen mir hier doch einfach einen Streich. Ich nehme meine Hände aus den Taschen und schüttle sie, als wären sie mit Erde benetzt. Sie sind schweißnass und eiskalt.

Ich hebe eine Hand, um zu klopfen, doch es bleibt beim Hochheben. Mein Handy vibriert in der Tasche und ich nehme es seufzend heraus. Ein Anruf von Jake. Ich klicke ihn weg, kann ich ihn jetzt doch einfach nicht ertragen.

Er lässt nicht locker, kaum hatte ich aufgelegt beginnt mein Handy schon wieder zu vibrieren, langsam genervt drücke ich ihn wieder weg. „Jetzt aber", murmle ich leise und möchte wieder klopfen, als das Handy wieder losgeht. Ein kleiner, leiser Wutschrei entfährt meine Kehle und ich gehe ran.

„Was?", schnauze ich Jake an, doch an der anderen Leitung ist nicht Jake, sondern eine Frauenstimme, die ich zu gut kenne, Linchen. Ihre Atmung geht stoßweise, sie scheint mich nicht erkannt zu haben. „Bist du Lilly?" „Ja". Bitte komm heim, Jake ist krank, er hat hohes Fieber und seit ein paar Minuten übergibt er sich. Er ist kaum ansprechbar. Er flüstert immer wieder deinen Namen. Ich glaube er halluziniert."

Ich sage nichts, blicke nur die immer noch verschlossene Tür an. Keine Sekunde würde ich es mir erlauben abzuwägen, ob ich nicht lieber auflegen sollte und zu Nina gehen sollte, oder zu Jake zu fahren. In meinem Kopf hämmert nur noch ein Wort. Jake. Irgendwie schaffe ich es auf dem Weg runter noch ein „Bin gleich da" hinauszupressen und bevor sie noch etwas sagen konnte, legte ich schon auf.

Ich steige in den Wagen, erst jetzt merke ich, wie mir Tränen sie Wange hinunter perlen. Meine Atmung ist beschleunigt, ich habe Angst. Doch alles ist jetzt egal, ich muss zu ihm. Zu Jake.

Kapitel 30

Irgendwie wie früher

Lilly Drew

Spürst Du das auch,
dieses Kribbeln im Bauch?
Jeden Tag, wenn ich Dich seh',
ich auf rosa Wolken geh'.
Drum sage ich mit einem Satz:
Ich liebe Dich, mein liebster Schatz!
~ Mag. Edith Helminger

Ich zittere, meine Knöchel sind ganz weiß, ich umklammere das Lenkrad, als würde ich ertrinken und es sei mein Rettungsring. Ich habe keine Zeit zum Nachdenken, keine Zeit, mir bewusst zu machen, dass gerade Linchen am Telefon war. Hektisch und viel zu schnell fahre ich heim. Meine Sinne sind so klar wie noch nie. Ich sehe besser, ich höre besser, ich reagiere schneller.

Das Adrenalin verhindert, dass die Angst die Überhand gewinnt, keine Zeit. Immer wieder muss ich bremsen, keine Zeit dafür, verdammte Ampeln. Ich möchte zu Jake, seine Hand halten, wissen was los ist, ihn beschützen. Was dachte ich mir nur dabei, ihn allein zu lassen.

Keine Zeit nachzudenken, wie Linchen in die Wohnung gekommen ist. Keine Zeit für sie. Ich bremste, wieder eine Ampel, verdammt ich muss weiter. Großstadtverkehr, ich hasse es. Anfahren, beschleunigen, nächste Ampel, dieses Mal grün. Das Radio dudelt vor sich hin, ich erinnere mich nicht, es eingeschaltet zu haben. Stauwarnung wegen einem Unfall, umfahren. Es braucht Zeit, ich habe keine.

Meine Atmung ist immer noch schnell, keine Zeit mein Herzschlag zu kontrollieren. Angst bricht aus, Panik, überall sehe ich Menschen, die mich anstarren. Wieso? Ich schaue hinter mich, die Ampel war schon rot. Fuck! Wieder gerade ausschauen. Glück gehabt, kaum Verkehr. Ich zittere, Schweiß strömt aus allen Poren. Meine Hände fühlen sich am Lederlenkrad widerlich an.

Wieder bremsen, ich bin viel zu schnell unterwegs. Ich möchte nach Hause, zu Jake. Atmen, fahren, atmen, fahren. Keine Zeit für Gedanken. Ich bin da. Ich ziehe den Schlüssel ab, schlage die Tür hinter mir zu. Ich vergesse fast abzuschließen. Ich renne, Seitenstechen bleibt aus, Adrenalin sorgt für Kraft. Wieso habe ich solche Angst um ihn? Er ist ein erwachsener Mann.

Trotzdem renne ich, keine Zeit, das Alles zu überdenken. Meine Gedanken sind ausgeschaltet. Ich öffne die Tür, renne die Stufen hoch. Eine Nachbarin kommt mir entgegen, keine Zeit, sie anzuschauen, ich grüße schnell. Atmen. Ich stehe vor der Wohnung, schließe die Tür auf.

Ich stürze herein, ziehe weder Schuhe noch Jacke aus. Ich stehe schweißgebadet in Jakes Zimmer.

***

Das Seitenstechen setzt erst Minuten später ein, mein Herz rast, ein Wunder, dass ich keinen Herzinfarkt hatte. Linchen kümmert sich um mich, sie erkennt mich, redet aber nicht. Sie weiß, was zu tun ist, gleich als sie mich gesehen hat, wusste sie es. Sie holte eine Spritze, Beruhigungsmittel. Ich liege auf der Couch, bekomme wieder Luft und versuche zu mir zu kommen. Das Mittel ist stark, es benebelt einen vollkommen.

Was mit Jake los ist, weiß ich immer noch nicht, mein Gehirn ist aber auch noch viel zu zugedröhnt, als dass es Fragen stellen könnte. Ich möchte nach ihm rufen, fühle mich jedoch einfach nicht in der Lage, den Mund zu öffnen. Linchen springt von einem Zimmer ins nächste, immer wieder. Jake, Küche, ich, was sie in der Küche macht, weiß ich nicht. Ist mir auch egal. Ich will wissen, was mit Jake ist.

Sie betritt wieder das Wohnzimmer: „Hey", murmelt sie und versucht sich an einem winzigen Lächeln. Ich kann es nicht erwidern, stattdessen frage ich so emotionslos wie mir möglich, wie es denn Jake ginge. „Besser, er hat viel gebrochen, dazu Fiber und Halluzinationen, wenigstens ist die Fiber etwas runter gegangen und er schläft jetzt.

Es war beängstigend. Ich weiß, dass das bei älteren oder schwachen Personen zu schlimmeren Krankheiten werden kann. Ich habe mir so Sorgen um ihn gemacht, aber ich war allein und deshalb wollte ich dich anrufen. Das Mädchen, von dem er seit Wochen redet. Du!"

Ich weiß nicht, was ich fühlen soll. Ich weiß ja nicht Mal, was ich gerade fühle. Aber ich weiß, dass ich weder Jake noch Linchen böse sein kann.

Auch wenn ich immer noch nicht weiß, was Nina mit Jake zu tun hat. Ich bekomme Kopfschmerzen und lege meine Stirn in Falten. Linchen lacht: „Du siehst immer noch so aus wie vor Jahren. Lass mich raten, Kopfschmerzen?" Ich nicke nur, das Beruhigungsmittel, das ich bekomme, wenn mein Herz flattert, bereitet mir immer Kopfschmerzen. Ich muss viel trinken und das weiß sie natürlich auch. Immerhin waren wir beste Freunde.

Als sie mit einem Glas Wasser wiederkommt, frage ich sie dann endlich die Fragen, mit denen ich schon Jake löchern wollte. „Also was habt du und Jake da jetzt eigentlich, C a r o." Ich betone das Caro besonders, denn im Internat hat sie uns allen erzählt ihr Spitzname sei Linchen. Sie lächelt leicht, doch sie wirkt verletzt.

„Er ist mein bester Freund, schon bevor wir uns kannten, er wohnte nebenan und wir hatten als Kinder viel Spaß. Später aber verliebte er sich in mich, blöde Geschichte. Zum Glück hat das unserer Freundschaft nichts angehabt. Ich habe dir sogar ein, zwei Mal von ihm erzählt und du fandst ihn megaknuffig. Du weißt schon, Jay."

Ein Herz schlug kurz Off Beat, um dann wieder in seinen Normalen On Beat zurückzufallen. „Er ist unser Jay? Der süße und auch sexy Jay?" „Ja.", sie grinst und zum ersten Mal seit Monaten fühle ich, mich richtig gut.

Natürlich haben wir das alles noch nicht geklärt und vielleicht werden wir uns noch ein oder zwei Mal streiten. Vielleicht fliegen noch mal die Fetzen. Aber jetzt gerade ist alles gut. Jetzt gerade muss ich nicht denken. Und bevor ich das überhaupt mache, liege ich schon in Caros Armen und wir weinen.

„Es tut mir so leid", schluchzt Caro und ich schüttle nur den Kopf. Ich möchte jetzt keine Entschuldigungen hören, ich möchte nicht an diesen schrecklichen Tag denken. Ich möchte einfach nur in den Armen meiner besten Freundin liegen, ich möchte ihr davon erzählen, wie ich mich verliebt habe, in Jake und wie wir uns überhaupt kennengelernt haben. Ich möchte mit ihr lachen und mit ihr weinen, doch verdammt, ich möchte nicht an unseren Streit denken. Ich halte sie fest und sie hält mich fest. In diesen kurzen Minuten gibt es nur uns, wir sind wieder im Internatszimmer und erzählen uns vom ersten Liebeskummer, wir essen mehr Eis als wir dürften und wissen, dass morgen wieder alle rätseln, wo die zwei Becher Eis hin sind. Jetzt gerade ist alles gut, für eine Sekunde ist nichts zwischen uns. In dieser Sekunde ist alles einfach perfekt.

Kapitel 31

<u>Was ist hier los</u>

Jake Leen

Lieben heißt für mich:
Alles geben für dich.
Meine Zeit, meine Hoffnung, mein, Wesen, mein Geld –
ich gebe dir alles, was dir nur gefällt.
~Mag. Edith Helminger

Ich atme. Ich atme laut und schwer, mein Körper schweißnass. Ein Déjà-vu. Doch Lilly ist nicht mehr bei mir. Verwirrt versuche ich aufzustehen, doch jeder Knochen schmerzt. Mein Kopf dröhnt, ich fühle mich ausgelaugt, krank. Panik über kommt mich, welcher Tag ist heute, wie spät? Ich versuche zu rufen, doch meine Kehle ist Staub trocken. Ich schaffe es nicht, mich nach dem Glas Wasser zu strecken. Ich bin kaputt.

Ich schließe wieder meine Augen, es ist mir zu hell. Jetzt höre ich nur noch und spüre. Ich spüre die Decke, die wie ein Gewicht auf mir liegt, doch ohne sie kühle ich sofort aus. Mein Shirt klebt an meiner Brust, der trockene Schweiß auf meinem Gesicht juckt.

Ich möchte mich kratzen, doch mein Arm ist zu schwer. Ich schaffe gerade Mal zu atmen. Ein und aus, immer wieder. Die Decke erschwert es mir. Ich spüre, wie mein Brustkorb sich hebt und senkt. Ein und aus.

Ich brauche frische Luft, ich brauche Wasser. Ich fühle mich gefangen, dabei hält mich nichts auf. Blanke Angst lässt mich erzittern. Ich möchte mich wälzen, aufstehen, duschen, mich einfach nur bewegen. Ich schaffe es nicht. Ich höre Geräusche, Schritte, vielleicht Lilly.

Ich erinnere mich, wie sie gestern gegangen ist, ich habe den Zettel gefunden und gelesen. Vielleicht war das ja auch erst heute. Ich höre Stimmen, leise reden zwei Menschen miteinander. Wer ist hier, was ist hier los. Ich werde eifersüchtig. Ein Mann in meiner Wohnung, ich möchte schreien, ihn verscheuchen.

Mein Körper lässt es nicht zu. Ich drehe mich immer wieder, von links nach rechts und wieder zurück. Ich möchte endlich reden. Ein stummer Schrei, trocken und staubig dringt aus meiner Kehle. Vielleicht halluziniere ich bloß und da ist niemand. Ich huste und endlich erklingen Töne, trockene, bellende Töne. Ich bekomme kaum Luft, ich röchle. Angst. Ich höre Schritte. Lilly steht an meinem Bett, ein Glas Wasser in der Hand. Lilly.

Ich muss lächeln, Erinnerung an gestern durch fluten mein Hirn. Peinlich. Ich schaue ihr ins Gesicht, ein Lächeln liegt auf ihren Lippen, ich freue mich. Ich versuche etwas zu sagen, sofort muss ich wieder husten.

Lilly hält mir das Glas Wasser hin. Ich nehme einige Schlucke, dass unangenehme Gefühl in meinem Rachen legt sich. Ich fühle mich wieder besser. „Hey", bringe ich endlich raus. „Hey du.", sagt sie und lächelt.

Ein Funkeln liegt in ihren Augen, so schwer zu beschreiben, liebevoll und vielleicht ein Hauch Sorge, das würde es treffen. Ich muss grinsen, bis ich eine zweite Person bemerke, die sich bisher im Hintergrund aufgehalten hat.

„Wer ist da?", frage ich, doch er antwortet nicht, oder ist es eine sie? Im Halbdunklen meines Zimmers erkennt man nicht, ob eine Frau oder ein Mann dort steht. Er oder sie kommt näher ans Bett und damit auch näher ans Licht. Blondes, schulterlanges Haar und klare blaue Augen kommen zum Vorschein. Caro.

„Hey Großer." Sie lächelt, scheint trotz allem irgendwie glücklich. „Geht's dir jetzt besser?", fragt Lil und ich nicke. Die letzten 19-25 Stunden waren der Horror. Diese ständige Übelkeit und die wilden Wachträume. Dieses Übergeben, bis ich nichts mehr im Magen hatte und dann noch weiter. Ich schüttle mich vor Ekel. „Danke", flüstert plötzlich Lilly, doch nicht zu mir, sondern zu Caro und diese nimmt sie in den Arm.

Ich lache verwirrt: „Habe ich irgendwas verpasst?" „Das sollte dir am besten unsere Lilly erklären. Es war ein langer Tag, ich geh dann Mal ins Bett." „Lilly", Caro wendet sich von mir ab: „Bleib am besten noch eine

Weile bei Jake." Bilde ich es mir nur ein oder hat Caro Lilly gerade zugezwinkert? Ich bin verwirrt.

Ich schließe kurz die Augen, nur für eine Sekunde alles vergessen, nicht nachdenken. Einfach atmen. Und ich merke nur noch, wie ich erneut wegdrifte.

***

Ich wache auf, dieses Mal ruhig und endlich auch ohne Kopfschmerzen. Niemand ist mehr im Zimmer, weder Lilly noch Caro. Ich versuche mich zu erinnern was wir vor hatten, oder ich, oder die.

Langsam blicke ich bei meinem eigenen Leben nicht mehr durch. Vielleicht sollte ich endlich mal einfach alles sagen, was ich denke. Endlich mal die Wahrheit sagen, sagen wie sehr ich Lilly liebe.

Ich drehe mich und sehe auf eine zierliche Person, die sich auf meinem Bett eingerollt hat. Mein kleiner Sonnenschein liegt mit einem leichten Lächeln, schlafend im Bett und ich muss auch lächeln.

Lächeln, weil ich diese Nähe so liebe. Lächeln, weil sie so unfassbar friedlich aussieht. Lächeln, weil für einen kurzen Augenblick nichts kompliziert ist. Lächeln, weil ich diese Person, dort neben mir so unfassbar sehr liebe.

Ich lege meinen Arm um sie, versuche nicht zu denken, das macht diesen wundervollen Moment nur kaputt. Nicht denken, nur spüren. Spüren, wie sich ihr Brustkorb sanft unter meinem Arm hebt und senkt. Spüren, was für eine Wärme sie ausstrahlt. Ich genieße diesen Augenblick, er könnte zu schnell wieder vorbei sein.

Wie erwartet wacht sie durch meinen Arm auf, den ich sofort wegziehen will. Doch sie hält ihn fest und legt ihn zurück: „Da liegt er gut.", murmelt sie schlaftrunken. Ein breites Grinsen ziert ihre Lippen, sie scheint nicht zu verstehen was passiert.

Doch das ist nicht schlimm, ganz im Gegenteil jede Sekunde, die ich sie berühren darf, jeder Wimpernschlag, den ich an ihrer Seite verbringen darf, ist wie das kostbarste auf der ganzen Welt.

Sie kuschelt sich enger an mich, überbrückt die fehlenden Zentimeter zwischen unseren Körpern. Ich bin so ruhig wie noch nie, während die Luft um uns herum sirrt. Es fühlt sich an als wäre unsere Umgebung geladen und nur eine Bewegung von uns könnte eine Reaktion ausführen, die uns in unbekannte Dimensionen entführt.

Ich frage mich, wie sie diese Spannung nicht spüren kann, bin das nur ich? Lilly drückt ihre Nase an meinen nackten Oberkörper, ich merke erst jetzt, dass mein T-Shirt weg ist. Scheinbar hat sie gelüftet und mir mein Shirt ausgezogen.

Plötzlich ist es mir schrecklich peinlich, dass sie dort liegt. Ich habe im Schlaf so geschwitzt, das muss doch unangenehm sein. Genau in diesem Augenblick stößt sie einen wolligen Ton aus. „Du riechst gut.“; fügt sie hinzu.

Ihre Lippen vibrieren an meiner Brust. Wenn es so weiter geht, drehe ich hier durch!

Kapitel 32

Verlangen

Lilly Drew

1000 Herzen sind auf Erden, 1000 Herzen lieben Dich. Doch von diesen 1000 Herzen liebt Dich keines so wie ich!
~unbekannter Verfasser

Ich drücke mein Gesicht näher an Jakes nackte Brust, alleine der Gedanke macht mich verrückt. Ich liege hier und kuschle mit ihm, ich nehme seinen Duft in mir auf und muss einen Ton von mir geben der zwischen lecker und göttlichen liegt.

Ich weiß es klingt komisch zu sagen jemand riecht gut, doch dass genau meine ich. Ich meine diesen einen Duft, nach dem du so schnell süchtig wirst.

Jake riecht nach Mann und Orange, eine herbsüße Mischung, die mich zum Verzweifeln bringt. Ich weiß auch wie er nach einem Regenschauer riecht, ein wenig nach Sommerregen und komischer Weise nach Vanillepudding. Ich muss bei dem Gedanken daran grinsen und mich überkommt ein wohliger Schauer.

Ich schließe meine Augen, hoffe, dass er nicht merkt, wie schwer es mir fällt nicht hunderte kleine Küsse auf seiner Brust zu verteilen. Ich möchte sanft über seine

Brust streicheln und mein Bein über seine lege, damit er nicht weg kann.

Ich will ihm tausende von kleinen Botschaften mit meinem Körper schicken, die ihm endlich sagen was ich nicht rausbekomme: „Ich liebe dich."

Der Körper unter mir spannt sich an. Was ist passiert? Ich traue mich nicht etwas zu sagen, zu groß ist die Angst, dass er merkt, was hier gerade passiert. Ich habe Angst das er merkt was ich mich nicht traue auszusprechen. „Ich...", fängt er an zu sprechen. Ich bin verwirrt. Warum klingt er so komisch? „Dich..." Soll das ein Ratespiel werden? „Auch." Er flüstert das letzte Wort. Ich verstehe nicht, was er mir sagen will. Er was mich auch?

Ich sage nichts liege einfach da, bleibe still, hoffe einfach er sagt, was er auch will oder ist und was das mit mir zu tun hat. Nach wenigen Minuten ertönt nur ein Seufzen und er lässt seinen Kopf zurück in sein Kissen fallen. Der Körper entspannt sich wieder und scheinbar ist was auch immer los war, wieder vorbei.

Ich bin müde, ich spüre fast schon das mein Hirn nur auf halber Leistung läuft. Ich möchte einfach einschlafen, eingelullt von Jakes Duft und der Wärme unter der Decke. Jakes Körper reflektiert eine solche enorme Wärme, dass ich mich frage, wie er es unter der Decke aushält. Männer haben es ja nicht so mit der Wärme.

Ich kuschle mich noch näher an Jake, wenn das überhaupt noch möglich ist. In meinen Kopf ist weder die Frage, ob das richtig sei, noch die Frage, was zur Hölle ich hier eigentlich tue. Mein vollkommen übermüdetes Hirn ist zu nichts zu gebrauchen, also handle ich nach zwei einfachen Regeln: Fühlt es sich gut an? - weiter machen. Fühlt es sich falsch an? - hör auf.

Simple, aber effektiv und solange Jake sich nicht beschwert, sehe ich mich auch nicht gezwungen auch nur einen Millimeter von ihm abzulassen.

Ich merke wie ich immer weiter weg döse und kurze Zeit später bin ich auch schon wieder eingeschlafen.

***

Ich wache auf, dieses Mal aufgrund einer komischen Leere, die ich neben mir verspüre. Als ich mich zu meinem Traummann schlechthin aka Jake drehen will, merke ich auch, dass dieser nicht da ist. Nur aufgrund seines Fehlens stehe ich überhaupt auf, um ihn zu suchen, ich weiß nicht einmal selbst warum ich es tu. Vielleicht, weil er mit seinem Gehen ein Stück meiner Seele mitgenommen hat.

Fühlt sich so echte Liebe an und wenn ja, müsste sie dann nicht in Erfüllung gehen? Ich seufze und lege meinen Kopf in meinen Nacken. Vollkommen demotiviert stapfe ich in die Küche und finde dort ein Pärchen vor. Ein kuschelndes, scheinbar glückliches Pärchen. Jake und Caro. Ein erstickter Schrei verlässt meine Kehle. Ohne mitzudenken und nachzufragen, laufe ich aus der Küche. Nur Sekunden später höre ich Schritte die mir folgen.

Ich bin schnell, ich habe mir eine Jacke, mein Handy und den Autoschlüssel geschnappt und springe regelrecht zum Auto. Schnell starte ich dieses und fahre los.

Die Hektik verfliegt und das Adrenalin ist verbraucht, doch das Bild bleibt in meinem Kopf. Jake und Caro wie sie eng aneinander geschmiegt in der Küche stehen. Ich muss Schlucken.

Ich bekomme nicht Mal Jakes Duft aus der Nase, denke ich, bevor mir auffällt das ich gar nicht meine, sondern eine Sweatjacke von Jake trage. Eine feine Gänsehaut zieht sich sofort über die nackte Haut, welche nur von seiner Jacke bedeckt sind. Ich versuche mich zu beruhigen, zu atmen und nachzudenken. Was ist nun der nächste Schritt? Wohin geht's jetzt? Wieso ist das alles nur passiert?

Nach einigen Minuten stehe ich auf einem Parkplatz vor dem Studentenwohnheim, in dem ich vor ein paar Monaten selbst noch gelebt habe. Ich ziehe die Autoschlüssel ab und nehme mein Handy, es blinkt in unterschiedlichen Farben.

Ich entsperre es und sehe mir die Nachrichten an, fünf verpasst Anrufe, sieben SMS und einige WhatsApp Nachrichten. Ohne auch nur eine anzusehen, stelle ich das Telefon auf Flugmodus und verlasse das Auto. Ich steige aus und spüre den kalten Regen des Abends auf mich prasseln. Ich ziehe Jakes Kapuze über meine Haare und renne Richtung Eingang.

In der Hoffnung das Hanne da ist klingle ich bei meiner Freundin und ehemaligen Mitbewohnerin. Kurze Zeit später wird mir auch geöffnet.

Ich ziehe die Kapuze wieder von meinem Kopf und laufe die Treppen hoch. In der Tür steht eine leicht bekleidete Hanne. „Was suchst du hier?", blafft sie mich an. So kannte ich sie gar nicht, ja am Anfang hatte ich es nicht leicht mit ihr, da ich Ninas Platz bekommen habe, ohne einen der beiden zu kennen, als diese ausgezogen ist. Doch nach und nach schloss Hanne mich in ihr Herz und war vor allem als es im Job immer komplizierter wurde, viel zu nett zu mir, als das ich das jemals wieder gut machen konnte.

Zudem hat sie mich immer dazu ermutigt auszugehen, wenn ich mich nicht danach fühlte oder dann auch als Jake in mein Leben kam, dass sie mich unterstützte als ich ihr den Vorschlag unterbreitete, dass ich zu ihm ziehe. „Ich suche nach einem Unterschlupf.", gebe ich leise zurück. Ich bin zu schwach, um mich über ihre Unfreundlichkeit und ihr Aussehen zu beschweren. „Du kannst hier nicht bleiben!", meint sie in noch schrillerem Ton. „Hä wieso?", frage ich. In all den Jahren des Zusammenlebens wurde sie nie von jemandem besucht. Außerdem meinte sie, dass ich jederzeit aufschlagen könnte, wenn es nötig wäre, denn sie wäre ja immer für mich da.

„Babe?", ertönt eine tiefe, mir wohl bekannte Stimme hinter mir. Ich drehe mich geschockt um und blicke in das Gesicht meines ehemaligen Arbeitgebers. „Lilly?" sagt er und blickt mich erschrocken an.

„Was suchen sie hier?" „Ich wohnte hier und Hanne und ich waren gut befreundet, bis jetzt.", murmle ich und habe das Gefühl irgendeine Art Intrige durchschauen zu können.

„Lilly geh!", fordert mich Hanne sauer auf. Ich jedoch sitze am längeren Hebel, scheinbar ohne, dass ihr das bewusst war. „Und wenn nicht was dann?", gepackt von dem Mut kichere ich ihr die Worte fast entgegen.

Auch sie merkt in was für einer Falle sie steckt, sie wusste nur zu gut, dass sie nichts mit dem Chef haben durfte, da der eigentliche Inhaber des Ladens, in dem wir gearbeitet haben, jegliche Verhältnisse untersagt hatte. Diese Affäre könnte beide den Job kosten.

„Wehe dir!", möchte sie mir drohen. Ich lache: „Du hast zwei Optionen. Nummer eins du sagst was hier gespielt wird oder Nummer zwei, nicht nur dein Freund wird hier von erfahren." Den letzten Teil zische ich, um zu verhindern das mein Ex-Chefchen davon mitbekommt.

„Scheiße", entfährt es ihr und sie wendet sich an Herrn Müller: „Babe ich muss hier dringend etwas klären also können wir uns morgen bei dir treffen?" Mit verführerischer Stimme fügt sie hinzu: „Keine sorge ich mach heute auch wieder gut." Ein Würgereiz überkommt mich als ich sehe, wie sie ihn beim Abschied küsst und er seine Bären Pranke auf ihren Arsch sausen lässt. Als er endlich weg war konnten wir reden. Beziehungsweise redete sie. Und verdammt was habe ich nur alles verpasst.

Kapitel 33

Manchmal sind wir alle doch nur dumm, oder?

Lilly Drew

Dein Platz im Bett neben mir ist kalt und leer. Ich würde dich jetzt so gern berühren, dich einfach neben mir spüren. Ich vermisse dich so sehr!

~unbekannter Verfasser

Ich sitze im Wagen, draußen gießt es in Strömen, kleine Bäche aus Wasser laufen sowohl die Scheiben als auch meine Wangen hinunter. Die Welt dreht sich und steht gleichzeitig still. Alles ist so unendlich laut ohne, dass ein Laut ertönt. Kompliziert, das war die Welt schon immer, vor allem die eigene. Ich war mir doch so sicher, dass diese Scheiße endlich vorbei war und jetzt sitze ich hier und weine, weil alles so unendlich kompliziert ist.

Mein Schluchzen ist längst verstummt, nur noch leise fließen die Tränen den Weg entlang, den sie in meine aschfahlen Wangen gegraben haben. Ich sage kein Wort, meine Stimme klingt wie als hätte ich Stahlwolle geschluckt und so fühlt sie sich auch an.

Die Fragen 'wohin mit mir? ' und 'wie geht es weiter?' drängen sich immer weiter in meinen Kopf. Antwortlos höre ich den Stimmen in meinem Kopf zu wie sie zum

Krieg schreien, es wird niemand überleben, denn selbst die Logik hat hier und heute versagt.

Nach einer Weile stoppt der Tränenfluss, doch der Regen verstummt nicht. Ich weiß nicht wohin, weiß nicht ob ich es dorthin, wo auch immer das ist, hinschaffe. Und da ist sie wieder, diese verfluchte Angst!

Da packt mich eine Wut, eine schreckliche Wut auf mich selbst. „Du bist nichts Lilly! Nichts bekommst du in deinem scheiß Leben hin, nie im Leben wird irgendetwas jemals funktionieren.

Du bist nutzlos, ungewollt. Dich würde niemand vermissen, solltest du einfach verschwinden, denn niemand interessiert sich für dich, denn du bist nichts, verdammt noch mal nichts!", brülle ich in den Wagen. Doch zurück bleibt nur das gleichmäßige Klopfen auf das Autodach.

Ich starte den Wagen, ich weiß nicht wohin, doch ich werde nicht hier versauern, nur weil ich diese Welt nicht mehr verstehe. Ich fahre und fahre und fahre, ohne Ziel, ohne wirklich auf etwas zu achten. Eine Art Autopilot hatte sich eingestellt, ich reagierte, ohne wahrzunehmen was um mich herum geschieht. Erst als ich plötzlich auf einem Parkplatz den Motor abstelle, merke ich das Tränen über mein Gesicht laufen.

Als ich wieder zu mir komme wird mir bewusst, wo ich war, ich stehe vor der Wohnung in der Jake und ich seit einigen Monaten lebten. Diese Wohnung, die für mich Fluch und Segen ist. Diese Wohnung, in der ich lebe und sterbe. Diese Wohnung in der der Mann meiner Träume gerade wahrscheinlich eine andere vögelt.

Ich bin wütend und die Tränen versiegen. Ich möchte Schreien und um mich schlagen, möchte alles um mich herum in Schutt und Asche verwandeln. Diese unbändige Wut, die nach und nach droht, mein Herz zu verschlingen, reißt mich mit, in einen Strudel aus Hass und Rachegelüste. Ich fange an zu lachen, nur ganz leise, meine Augen geschlossen, alles ist schwarz. Ich muss aussehen wie eine Verrückte, kommt es mir in dieser Sekunde.

Das Lachen stoppt und ich bin ganz leise, sogar meine Gedanken, die gerade noch zur Rache an allen gerufen haben, sind verstummt. Nur noch ein Gedanke ist in meinem Kopf, so leise, dass ich ihn glatt ausblenden könnte: „Jake".

Tränen, ganz plötzlich kommen sie wieder. Ich will nicht hoch und ich werde nicht hochgehen, entscheide ich, also drehe ich den Schlüssel ab und verkrieche mich mit akrobatischen Figuren auf die Rückbank.

Immer noch mit Tränen in den Augen kuschle ich mich tief in Jakes Jacke ein und nehme seinen Duft in mir auf. Wie ein kleines Kätzchen rolle ich mich zusammen und weine und so weine ich mich in einen tiefen Traumlosen Schlaf.

***

Atmen. Das war das Problem. Als ich aufwache beziehungsweise aufschrecke bekam ich keine Luft. Eine Sekunde lang dachte ich an mein Herz, dachte es könnte jetzt vorbei sein.

Aber natürlich war ich nur krank, die stickige Luft in dem kleinen Wagen brachte mich um. Also öffnete ich das Fenster und atme die frische kalte Luft nach dem Regen von gestern ein. Das Gefühl war unbeschreiblich schön, selbst die Sorgen, die mich schon seit der Sekunde, in der ich aufwachte, verfolgten, schienen für einen kurzen Moment kaltgestellt.

Ich ziehe Jakes Jacke an meine Nase und atme tief ein, doch sein Duft ist weg. Stattdessen rieche ich nichts mehr, außer das muffige Auto. Dieser Geruch hatte sich nun auch auf meine Klamotten gelegt. Ich seufze und entscheide mich ins Bett zu gehen. Es ist wahrscheinlich erst sechs oder sieben Uhr morgens und ich bin erst um vier hier angekommen.

Als ich das Auto verlasse, hoffe ich noch das Jake und Caro schlafen, mich und vor allem meine Rückkehr nicht bemerken. Kurz spiele ich mit dem Gedanken nur schnell das Wichtigste zu packen und zu gehen, doch allein meine wichtigsten Sachen passten in keine Reisetasche, geschweigenden in das Auto. Ich muss lachen, einen kurzen Moment lang schien alles in

Ordnung, fast schon gut. Doch leider ist schon lange nicht mehr alles gut und das weiß ich.

Trotz allem betrete ich nicht nur das Gebäude, sondern, leisen Schrittes, auch die gemeinsame Wohnung. Ich höre ein Weinen, ein leises Schluchzen, ansonsten Stille. Auf meinem Weg in mein Zimmer muss ich an der Küche vorbei, die Tür ist geöffnet und Schritte erklingen aus dieser. Aus Angst ertappt zu werden werde ich leiser und auch langsamer.

Nun beginnt die eine Stimme auf die des Weinenden einzureden, erst ist es ein Gemurmel bis ein lautes „Mist", durch die Wohnung tönt begleitet von einem Aufprall und einem klirren. Das Schluchzen wird lauter und als ich die Tür schnell überqueren wollte bleibe ich mit dem Blick an Jake hängen.

Wie ein Reh im Scheinwerfer Licht starre ich ihn an. Sehe die zerbrochene Tasse die in einer braunen Suppe, wahrscheinlich Kaffee schwimmen. Zitternde Hände ein wirrer Gesichtsausdruck und ein schlafloses Gesicht prägen sein Aussehen. Auch er starrt mich an, ich sehr das seine Handfläche blutet. Wahrscheinlich hat er die Tasse nicht runtergeworfen, sondern auf den Tisch geschlagen, sodass das dünne Porzellan in seiner Hand geplatzt ist und sich auf dem Boden verteilt hat.

„Lilly", flüstert er leise, kraftlos, verloren. „Lilly, Lilly, Lilly", immer wieder sagt er nur das gleiche: „Lilly". Die Welt um uns herum ist gefroren, kein Geräusch außer seine raue Stimme dringt an mein Ohr: „Lilly." Vier Augen verlieren sich ineinander, zwei Herzen schlagen in einem Takt, zwei Liebende haben sich gefunden und doch wird kein Wort gesprochen.

Alles ist wieder so verflucht still, Caro ist längst ausgeblendet. Wenn man doch wenigstens das Tropfen der letzten Kaffeereste vom Tisch auf den nassen Boden hören könnte, nur ein Geräusch, das zeigt, dass die Welt nicht stillsteht.

Doch ich höre nur mein Herz pochen und meine, den eigenen Atem sehen zu können. Einen Augenblick, ein Wimpernschlag zu viel und alles würde jetzt in sich zusammenbrechen.

Und er kam und die Illusion ist verschwunden. Es dauerte eine Sekunde, bis ich verstand was gerade passiert ist. Ich atme ein und aus und merke wie Caro sich vom Stuhl erhebt und langsam sich in meine Richtung bewegt.

Ich knurre regelrecht, nicht allzu überrascht von meiner abweisenden Reaktion: „Was willst du von mir?" Doch sie sagt nichts, bis sie nur wenige Zentimeter von mir entfernt war. Müde und einfach nur ausgelaugt sagt sie: „Lilly sieh es ein, manchmal bist nur du die eine, die alles so viel komplizierter macht als es ist.", mit diesen Worten lässt sie Jake und mich zurück. Allein. Ganz allein

Kapitel 34

Stille

Jake Lean

Denk an dich, Tag und Nacht. Was soll ich nur tun gegen diese Liebesmacht? Am liebsten wäre ich jetzt bei dir, denn mein Herz verlangt nach dir!

~unbekannter Verfasser

Jetzt sitzen wir hier und schweigen uns an. Sie sieht müde aus, verwirrt, verzweifelt, aber trotzdem wunderschön. Ihre Augen noch leicht rot und ihr Gesicht fleckig vom Weinen und doch sehe ich nur ihre wunderschönen Augen und ihre vollen Lippen.

Keiner von uns wagt es, den Blick zu erheben, sodass er dem jeweils anderen in die Augen schauen kann. Nur flüchtige Blicke versuchen wir beide zu erhaschen. Sie denkt, ich merke nicht, wie sie manchmal nach oben schaut, wie ihr Blick einige Sekunden lang auf mir liegt, nur um diesen blitzschnell wieder dem Boden zuzuwenden.

Ich muss es ihr sagen, dass haben Caro und ich die ganze Nacht besprochen und trotzdem sitze ich am Tisch mit zitternden Händen und sage kein Wort. Kein verfluchtes Wort verlässt meine Lippen! Ich stöhne vor Verbitterung auf, würde an liebsten schreien und sagen, was nicht stimmt. Doch nur dieses leise Stöhnen gelangt über meine Lippen.

In meiner Kehle bildet sich ein Kloß, sobald ich daran denke, ihr zu sagen, was ich fühle. Es waren doch nur ein paar kleine Worte für viele so selbstverständlich.

Natürlich musste ich daran scheitern, wer auch sonst. Ich Macho, ich "Weiberheld", wie mich meine Jungs oft nannten. Ich bleibe der Loser, der ich auch schon damals war. Diese wundervolle Frau, die genau vor mir sitzt, die mir schon mehr oder weniger sagt, dass sie mich eventuell mehr mochte, als ich es in den letzten Monaten dachte. Ich sollte es einfach sagen, ich muss es einfach sagen.

Da merkte ich, wie der Kloß sich auflöste. Wut über meine Lage und auch mein Selbstbewusstsein erfüllten mich. Ich traute mich endlich den Blick zu erheben, endlich ihr in die Augen zu blicken. Ihre wunderbaren Augen blitzten mir erschrocken und auch verwirrt entgegen. Auch sie war neugierig geworden durch mein leises Stöhnen, der erste Ton, der von einem von uns beiden ausging.

„Ich muss mit dir reden.", gestand ich ihr dann endlich. Nun ist es vorbei mit Ausreden, mit der Angst und der Wut. Entweder sie will mich so wie ich sie oder sie müsse ausziehen, doch so wie es derzeit ablief war es nicht auszuhalten. Und genau das sagte ich ihr auch: „So wie es derzeit läuft, schaffe ich das nicht."

Sie zuckt zusammen, keinen Ton gab sie von sich. Ich würde jetzt zu gern in ihren Kopf schauen, sie von ihrer Angst befreien, sei sie noch so schlimm. Ich hatte selbst schreckliche Angst.

Doch trotz allem möchte ich ihr nun beistehen, möchte neben ihr stehen und ihre Hand halten. Ich darf jetzt aber nicht zögern, ich darf dieses Gespräch nicht wieder unter den Tisch kehren. Ich muss stark sein, wenigstens einmal und wenn es das letzte Mal sei, dann war ich wenigstens einmal der Mann, den mein Vater versucht hatte großzuziehen.

„Lilly", beginne ich: „Das, was du meintest zu sehen, ist nicht real. Caro und ich sind seit Jahren gute Freunde und nicht mehr."

Ich stoppe, Übelkeit stieg in mir hoch, doch zum Glück nahm sie genauso plötzlich wieder ab, wie sie gekommen war. Die Krankheit hatte ich noch lange nicht ausgestanden.

Sie selbst schweigt. „Ich mag dich, wirklich Lilly.", sage ich und sie schweigt weiter. Sie dreht sich nur um, verkündet, dass sie nun schlafen gehen würde und wir morgen weiterreden sollten. Wie in Zeitlupe verließ sie den Raum und schloss nur kurz danach ihre Tür.

Ich sinke auf dem Stuhl zusammen. Wieso schaffe ich es nicht, ein einziges Wort hätte sie vielleicht dazu bewegt, mir doch zu zuhören. Doch ich habe wieder einmal kein Wort gesagt.

Ich habe die Schnauze voll von mir selbst, von allem. Ich stehe auf und schlurfe in mein Bad. Ich denke daran, wie enttäuscht mein Vater wäre, wenn er all das mitangesehen hätte, wie enttäuscht alle von mir wären. Ich wurde mein ganzes Leben dazu ermutigt zu sagen, was ich fühle und niemals Angst davor zu haben. Doch ich hatte Angst.

Alles erinnert mich an sie. Am Rand der Badewanne haben sich zwei blasslila Plastiktuben zu meinen eigenen dazu gefunden. Eine zweite Zahnbürste steckt in dem Glas, in dem ich meine Zahnbürsten und Zahnpasta aufbewahre. Ein kleines Tiegel Creme steht unter dem großen Spiegel. Überall wo ich hingucke, ist sie.

Ich ziehe mich aus und steige unter die Dusche. Warmes Wasser prasselt auf mich nieder und meine Gedanken schweifen ab. Ob sie wohl schläft? Oder liegt sie wach? Hat sie heute überhaupt etwas gegessen? Wird sie mir irgendwann zuhören?

Meine Gedanken werden immer tiefer. Wird sie je verstehen, warum ich so handle, obwohl ich sie doch liebe? Ich verstehe ja selbst nicht, warum ich so handle und bin.

Nach einer Weile steige ich aus der Dusche. Der Spiegel und das Glas der Dusche sind beschlagen, feine Wasser Tröpfchen haben sich an der Fensterbank gebildet.

Mit einem Handtuch wische ich kurz einen kleinen Teil des Spiegels frei. Als ich mich sehen konnte, wuschelte ich mir selbst einmal durch die Haare. Tropfen spritzen von meinen Haaren auf den Spiegel.

Verdammt habe ich tiefe dunkle Schatten unter meinen Augen. Ich blicke weg vom Spiegel, ich selbst möchte mich so nicht sehen.

Ich trockne mich zu Ende ab und ziehe mir eine Boxershorts und ein Shirt an. Die Hose verschwindet im Wäschekorb. Ein Shirt von Lilly liegt auch drin, ich seufze und mache den Wäschekorb wieder zu. Ich öffne langsam die Tür und schiele auf den Gang, nicht dass es mir peinlich wäre, wenn mich jemand so sehen würde, doch auf Caros Fragen habe ich wirklich keine Lust.

Der Flur ist leer und dunkel. So leise wie möglich versuche ich in mein Schlafzimmer zu gelangen, dabei musste ich am Gästezimmer vorbei, mit andern Worten Lillys Zimmer. Bis zu dem Zimmer ist auch alles gut, bis ich an ihrem Zimmer angelangt, leises Schluchzen vernehme. Ich möchte nicht das, sie weint, nicht wegen mir und vor allem nicht wegen einem nicht existierenden Kuss.

Zaghaft klopfe ich an ihre Tür. Keine Antwort kommt von drinnen, nur das Schluchzen hat aufgehört. Dennoch klopfe ich noch einmal, dieses Mal bekomme ich eine Antwort: „Geh weg Caro!" Ich drücke sanft die Klinke herunter und öffne die Tür einen Spalt weit. Erneut sagt Lilly: „Caro, lass mich!" Als ich meinen Kopf durch die Tür stecke, schaut sie erschrocken.

„Sorry, ich dachte, du bist Caro.", meint sie. „Ich weiß.", antworte ich nur leise. Danach herrscht Stille, ohne ein Wort zu sagen trete ich in das Zimmer ein und schließe hinter mir die Tür. Auch Lilly sagt kein Wort, auch nicht als ich auf sie zukomme und mich zu ihr aufs Bett setze. Sanft lege ich meine Arme um sie und hebe sie mit einer Leichtigkeit hoch. Zärtlich lege ich sie richtig ins Bett und lege mich dazu.

Erstaunlicherweise sagen wir beide immer noch kein Wort, vielleicht weil Worte immer zu viel, zu kompliziert waren. Ich bin ein Freund der Worte, doch manchmal kann kein Wort dieser Welt das gleiche Ausdrücken wie eine Geste. Ich rutsche an sie heran und lege meinen Arm um sie. Dann jedoch gewinnen die Worte wieder: „Lilly, ich ...

Kapitel 35

Endlich

Jake Lean

Bitte lass mich bei Dir sein,
denn ohne Dich bin ich allein.
Du bringst mir das große Glück,
lass mich nicht allein zurück.
~unbekannter Verfasser

„Lilly, ich habe mich in dich verliebt.", verdammt klingt das abgedroschen. So würde ich ein Liebesgeständnis niemals schreiben, aber das wahre Leben ist nun mal kein Buch und mein Leben das reinste Chaos.

Ich bin froh, dass das endlich raus ist. Sie starrt mich an, kein Wort, nichts und plötzlich bekomme ich Muffensausen, Angst, kalte Füße, wie auch immer es heißt, ich muss weg. Doch dieses Mal bleibe ich stark, dieses Mal laufe ich nicht weg, dieses eine verdammte Mal bleibe ich genau da, wo ich war.

Liebe ist kompliziert, aber es macht es nicht einfacher, wenn ich jedes Mal, wenn etwas schief geht, weglaufe. Also bleibe ich stehen und hoffe das sie doch noch etwas sagt, irgendwas, doch sie bleibt still und schaut mich an.

Doch dann sagt sie doch etwas. Kein nein, kein ja. Sondern etwas, was mein Herz gefrieren lässt. „Tu mir nicht weh.", erst jetzt verstand ich richtig, warum es zwischen uns nie leicht sein wird. Jemand der so sehr verletzt wurde, wie sie, hat keine Hoffnung mehr.

Also antworte ich: „Niemals". Sie schweigt wieder, doch erhebt sie sich langsam von ihrem Bett. Ihre helle Haut wird vom Mondlicht beschienen, es wirkt beinahe unecht. Ich wusste nicht, ob sie mir das nach allem glaubte, ich wusste ja nicht mal, ob ich mir das selbst glauben konnte bei all diesen durchaus verwirrenden Zufällen, die uns unser Leben so kompliziert machten. Meine Gedanken wandern zu ihr.

Wie kann ein Mensch nur so schön sein, so einzigartig und so unscheinbar zur gleichen Zeit. Mein Herz hört für eine Sekunde auf zu schlagen, als sie ihre schlanken Arme um mich legt. Sie hat eine weite Jogginghose an und ein enges bauchfreies Top. Sie sieht einfach zum Anbeißen aus.

Doch obwohl ich an nichts anderes mehr denken kann, als dass sie mir gerade immer näherkommt, überrascht es mich letzten Endes doch, dass sie mich küsst.

Ihre Lippen liegen sanft auf meinen und wir bewegen unsere Lippen im gleichen Takt wie ein Tanz. Die Atmosphäre ist aufgeladen, ein Funke und es würde eskalieren. Doch das tut es nicht und genau das ist perfekt. Ich spüre wie unsere Körper aufeinander reagieren, es ist hypnotisierend.

Sie trennt sich von mir und kommt noch näher. Doch anstatt erneut zu einem noch gewaltigeren Kuss zu verschmelzen, beginnt sie sich zart an mich anzuschmiegen. Gerne würde ich ihre Meinung hören, doch ich weiß schon längst, dass Worte nun überflüssig sind. Manche Sachen müssen mit Taten bezeugt werden.

Letzten Endes werden wir doch irgendwann darüber reden müssen, was alles passiert ist, was ich alles weiß, was sie alles weiß, die Sache mit Caro und und und. Doch in diesem Augenblick zählt nur, sie festzuhalten.

Die Stille um uns herum ist gefüllt mit Worten, die keiner auszusprechen vermag, da sonst dieser besondere Moment zerstört wäre. Nach einigen Minuten sagt Lilly trotzdem etwas: „Ich liebe dich". Drei Worte, die mich dazu verleiten, mich über sie zu rollen und mich mit den Armen abzustützen, sodass ich nur wenige Zentimeter über ihren Lippen schwebe.

„Ich liebe dich auch", sage ich und kann mein Glück noch gar nicht fassen. In diesem Moment springt der Funke über und unser zweiter Kuss ist wild und feurig. Alles kribbelt und bebt und in dieser Sekunde weiß ich, genauso fühlt sich Liebe an.

Nach einer Weile lösen wir uns voneinander und ich schaue ihr tief in die Augen. Mir brennt seit Wochen ein Wort auf den Lippen und endlich bekomme ich es auch endlich heraus: „Mein Sonnenschein". Verliebt blicke ich ihr tief in die Augen, ein Lächeln stiehlt sich auf ihre wunderschönen, noch leicht vom Kuss geschwollenen Lippen.

„Wieso Sonnenschein?", fragt sie nach einer Weile. „Du bist das Licht das gefehlt, mir gefehlt, hat, ohne dich ist alles dunkel, kalt und einfach nicht lebenswert. Erst deine warmen Strahlen haben mir gezeigt das ich bisher im dunklen tappte.", erkläre ich flüsternd. Sie lächelt mich an und kuschelt sich dann noch enger an mich.

Wir lagen noch lange so da, bis wir schließlich beide langsam in einen erholsamen Schlaf wegdrifteten. Zum ersten Mal seit langen bekamen wir beide den Schlaf, den wir verdienten.

***

Als wir am nächsten Morgen eng umschlungen aufwachen, scheint durch das große Fenster die Sonne. Die roten Vorhänge färbten das Zimmer in ein wunderschönes helles Rosa. Es riecht nach Pfannkuchen und frischem Kaffee. Neben mir rekelt sich Lilly: „guten Morgen", murmelt sie noch ganz verschlafen, jedoch eindeutig glücklich. „Morgen mein Sonnenschein" antworte ich ihr ebenfalls lächelnd.

Es fühlt sich noch komisch an, es laut auszusprechen, doch trotzdem war es richtig. Das Lächeln auf meinem Gesicht wird noch größer und das Glück, das mein Herz fast zum Sprengen brachte, war unbeschreiblich.

Nie hätte ich mir vorstellen können, jemandem nach so kurzer Zeit so nah sein zu können, doch nun ist es so. Auch wenn kurze Zeit bei uns relativ gesehen werden kann, da wir zum einen zusammenlebten und uns alleine schon aus diesem Grund besser kannten als jeden anderen und zum anderen war da noch dieses eine Gefühl, das Gefühl, sich schon immer gekannt zu haben.

Ich bin glücklich, die letzten Tage des Grauens werden von den hellen Strahlen des Glückes erhellt. Die Welt wirkt ein wenig weniger furchteinflößend.

Kapitel 36

Zeit

Jake Lean

Wenn ich ein Buch wäre, hätte ich 1000 Seiten und auf jeder Seite würde stehn, dass ich dich liebe.

~unbekannter Verfasser

Vier Monate Später

Die Zeit verging wie im Flug, immer noch kann ich nicht fassen, was passiert ist. Vielleicht, weil jeder Tag an der Seite eines geliebten Menschen für mich beginnt, vielleicht, weil ich lerne, jeden Tag mein Mädchen ein wenig mehr zu lieben und vielleicht ist auch ein wenig der Frühling und der Sommer daran schuld, dass alles immer besser wird.

In den vier vergangenen Monaten habe ich meinen begonnenen Roman fertiggestellt und Lilly hat sich als Berufsmusikerin eine Topstelle am größten Orchester der Stadt geangelt und das als Solistin.

Das Leben war nicht immer gut zu ihr und wir wissen beide, dass irgendwann wieder ein Rückschlag folgen wird. Doch jetzt haben wir uns und mit dieser Liebe, die wir füreinander empfinden, kann es gar nicht mehr so schwer werden, zumindest hoffen wir das.

Ich wurde Mal gefragt, was Liebe für mich sei und jetzt selbst nach so kurzer Zeit kann ich das nun beantworten. Liebe ist das Gefühl zu wissen, dass nicht alles rundlaufen kann. Liebe heißt aber auch das genau in diesen Momenten sich zu haben.

Manchmal fragt man sich schon, ob was wirklich Liebe ist, wenn man sich wieder einmal streitet, doch ein Streit soll niemals eine Beziehung so beeinträchtigen, dass man deshalb an der Liebe zweifelt.

Manche Streitereien gehören einfach zu Beziehung, Streit ist wie Alkohol für die Zunge, Alkohol lockert die Zunge und Wahrheiten kommen heraus, obwohl sie eigentlich verschlossen hätten bleiben sollen.

Streitereien können dieselbe Wirkung haben, oft bleiben Geheimnisse verschlossen, bis es zum Streit kommt, dann werden sie voll Wut dem andere vor die Füße gespuckt. Wahr Liebe hält das nicht nur aus, nein, sie wächst daran, sogar.

Ehrlichkeit ist ein wichtiger, grundlegender Bestandteil unserer Beziehung, doch Lügen sind ein wichtiger Bestandteil der Gesellschaft. Das merkt man deutlich, immer wieder kommt heraus, dass hier und da kleine und vor allem unnötige Notlügen erzählt wurden, das kann schon mal zum Streit führen.

Liebe ist für mich vieles, doch vor allem ist es das Gefühl, das ich nur einer Person auf der Erde schenke, Lilly.

Quellen:

S.13 https://www.maedchen.de/love/liebesgedichte

S.20 https://sprueche-wuensche.de/liebesgedichte/seite/2

S.26 https://sprueche-wuensche.de/liebesgedichte/seite/2

S.35 https://sprueche-wuensche.de/liebesgedichte/seite/2

S.41 https://sprueche-wuensche.de/liebesgedichte/seite/2

S.46 https://sprueche-wuensche.de/liebesgedichte/seite/2

S.53 https://sprueche-wuensche.de/liebesgedichte/seite/2

S.60 https://sprueche-wuensche.de/liebesgedichte/seite/2

S.66 https://sprueche-wuensche.de/liebesgedichte/seite/2

S.72 https://sprueche-wuensche.de/liebesgedichte/seite/2

S.78 https://sprueche-wuensche.de/liebesgedichte/seite/2

S.84 https://sprueche-wuensche.de/liebesgedichte/seite/2

S.90 https://sprueche-wuensche.de/liebesgedichte/seite/2

S.96 https://sprueche-wuensche.de/liebesgedichte/seite/2

S.104 https://www.gedichtemeile.de/liebesgedichte.htm

S.110 https://www.gedichtemeile.de/liebesgedichte.htm

S.116 https://www.gedichtemeile.de/liebesgedichte.htm

S.122 https://www.gedichtemeile.de/liebesgedichte.htm

S126 https://www.gedichtemeile.de/liebesgedichte.htm

S.135 https://www.gedichtemeile.de/liebesgedichte.htm

S.141 https://www.liebesgedichte-geschichten.net/liebesgedichte-2.html

S.147 https://www.gedichte.ws/liebesgedichte#

S.153 https://www.gedichte.ws/liebesgedichte#

S.159 https://www.t-online.de/leben/liebe/id_42512490/schoene-liebesgedichte-die-das-herz-erwaermen.html

S.165 https://www.schreiben.net/artikel/liebesgedichte-verschenken-tipps-1918/

S.171 https://www.schreiben.net/artikel/liebesgedichte-verschenken-tipps-1918/

S.177 https://www.schreiben.net/artikel/liebesgedichte-verschenken-tipps-1918/

S.183 https://www.schreiben.net/artikel/liebesgedichte-verschenken-tipps-1918/

S.189 https://www.schreiben.net/artikel/liebesgedichte-verschenken-tipps-1918/

S.194 https://www.schreiben.net/artikel/liebesgedichte-verschenken-tipps-1918/

S.200 https://www.schreiben.net/artikel/liebesgedichte-verschenken-tipps-1918/

S.206 https://www.schreiben.net/artikel/liebesgedichte-verschenken-tipps-1918/

S.213 https://www.schreiben.net/artikel/liebesgedichte-verschenken-tipps-1918/

S.219 https://www.schreiben.net/artikel/liebesgedichte-verschenken-tipps-1918/

S.225 https://www.schreiben.net/artikel/liebesgedichte-verschenken-tipps-1918/